KB202238

진리는 미풍처럼 온다

장석주의 니체 읽기

장석주의 니체 읽기

진리는 미풍처럼 온다

엮은이_ 장석주
펴낸이_ 조현석
펴낸곳_ 북인
디자인_ 김왕기

1판 1쇄_ 2005년 09월 01일
출판등록번호_ 313-2004-00111
주소_ 121-838 서울 마포구 서교동 363-24 홍성빌딩 302호
전화_ 02-323-7767
팩스_ 02-323-7845
홈페이지_ www.bookin.co.kr
ISBN 89-91240-09-7 03810

책값은 뒤표지에 있습니다.
저자와 협의 아래 인지를 생략합니다.

진리는 미풍처럼 온다

장석주의 니체 읽기

bookin

니체를 처음 만난 건 스무 살 즈음이다. 그 푸르고 투명하던 시절, "그것은 마치 무거운 질병과도 같은 고뇌"라고 말한 그 청춘의 어느 날 니체는 우연히 내게로 뚜벅뚜벅 걸어 들어왔다. 하지만 그 첫 만남이 정확하게 언제, 어떻게 이루어졌는지 기억은 모호하다.

나는 그때 무언가와 치열하게 싸우고 있었다. 싸움은 내가 일방적으로 몰리는 수세의 형국으로 나아갔다. 아직 뼈가 굳지 못하고 피가 성숙하지 못한 탓에 그 싸움의 대상이 무엇인지조차 분명하게 알지 못했으니, 그것은 사필귀정이다. 다만 그 싸움이 앞으로 내가 살게 될 50년의 생을 규정할 것이란 막연한 예감이 스치고, 그래서 겉으로는 고요하게, 속으로는 치열하게 그 싸움을 끌고 나갔으리라.

나는 한 동안 말을 잃어버렸다. 집에 세 들어 살던 젊은 여자가 1년 만에 이사 나갈 때 내가 잘 가라고 인사하자 놀라던 기억이 난다. 젊은 여자는 내가 벙어린 줄 알았다고 했다. 아무튼 제 삶이 통째로 위험에 노출되어 있다는 사실을 동물적 감각으로 인지한 청년은 달빛을 받으며 허공에 거미줄을 치는 거미와 같이 그 싸움에 매달렸다.

차라투스트라를 빌려 "나는 너무 일찍 왔다. 나의 때는 아직 오지 않았다"거나, 혹은 "나의 철학은 백년 뒤에나 비로소 이해되리라"고 예언한 저 서양의 철학자도 자신의 오성悟性이 한 세기가 지나 동양의 한 청년의 의식에 지울 수 없는 낙인을 찍게 되리라는 사실은 예견하지 못했으리라. 『차라투스트라는 이렇게 말했다』의 어떤 구절들은 지금도 정확하게 외운다. 니체는 내 정신사에 찍힌 원체험이다. 니체를 읽으며 사고의 지평을 넓히고, 나의 척도로 가치와 규범의 체계를 새로 세웠다.

니체를 통해 은유와 비유를 써서 말하는 법을, 그리고 문체가 곧 몸이며 정신이라는 걸 배웠다. 니체의 영향은 크고 깊었다. 니체는 물렁한 의식을 굳게 만들고, 혼란스러운 삶을 헤쳐 나오는 혜안을 주었다. 물론 그 어린 나이에 내가 읽은 걸 다

이해했다고 말하지는 못한다. 하지만 분명 니체는 내 지각의 네트워크 속에서 살아 움직이는 철학이고 사상이다. 그 뒤로 서른 해를 넘게 니체의 저작물과 그것에 관련된 2차 저작물들을 읽고 또 읽어 왔다. 니체에게서 배운 바가 크고 얻은 바가 많아 늘 고마워했다. 출판사 편집장 노릇을 하다가 무모하게 출판사를 차려 독립한 목적 중의 하나가 니체 전집을 만들기 위함이었다.

니체라는 이름만 들어도 가슴이 두근대고 니체와 관련된 책들에는 습관적으로 손이 가고 기어코 사들이고 만다. "정신이 낙타가 되고, 낙타는 사자가 되며, 사자는 마침내 어린아이가 되는 경위"를 나는 뒤늦게 깨달았다. 니체 읽기는 기쁨을 주는 유희요, 신성한 도락이다. 지금도 "어린아이는 천진난만이요, 망각이며, 새로운 시작, 놀이, 스스로의 힘으로 굴러가는 수레바퀴, 최초의 운동, 거룩한 긍정이다"라는 구절을 읽을 때 번개가 치고 천둥이 우는 것 같다. 니체와 함께 하는 동안 몸은 늙고 쇠락할지 모르지만 천진난만과 망각으로 나아가는 내 정신은 나날이 새로워진다. 나는 아직 젊은이다. 나는 미래 속으로 날아가며 점점 더 어린아이가 된다.

이 책은 니체의 잠언 모음이다. 잠언은 니체 철학이 형성되는 배아胚芽다. 잠언은 체계를 비웃으며 촌철살인과 심오함을 지향한다. 니체는 잠언의 철학자다. 여기 모은 잠언의 이면은 니체와 초인을 꿈꾸었던 한 청년의 교유록이며 은밀한 연애담이다. 니체는 수많은 계곡과 준봉들을 거느린 채 우뚝 솟은 하나의 거대한 봉우리다. 고봉에 오르는 길이 천 개이듯 니체에 접근하는 길도 천 개다.

이 책이 니체라는 봉우리에 접근하는 숲 속에 숨은 작은 오솔길이 되기를 소망한다.

을유년, 닭의 해 여름에

수졸재에서 몇 자 적다

차례

2부 프리드리히 니체 평전

인간적인 너무나 인간적인 영혼의 순례

1부 프리드리히 니체 말, 말, 말

더이상 새로운 우상을 내세우지 않으련다

그대들 내부에는 많은 벌레들이 꿈틀댄다

1

사람이란 동물과 초인 사이에 걸린 하나의 줄이다.

그 줄을 타고 가는 것도 위험하고, 중간에 멈춰 서는 것도 위험하며, 뒤를 돌아보는 것도 위험하고, 무서워서 엉거주춤하고 있는 것도 위험하다.

사람이 위대한 점은 그가 하나의 목적이 아니라 다리라는 것이다. 사람에게 사랑할 만한 것은 그가 '과도過渡'이고, 몰락沒落이라는 것이다.

2

사람이란 초극하지 않으면 안 될 무엇이다. 사람의 눈에 비친 원숭이는 무엇인가. 그것은 하나의 웃음거리, 고통으로 가득 찬 하나의 치욕이다. 초인에게 비친 사람이란 바로 그런 것이다.

그대들은 모두 벌레에서 사람으로 만들어진 것이다. 그러나 아직도 그대들의 내부에는 많은 벌레들이 꿈틀대고 있다. 또한 일찍이 그대들은 원숭이였다. 더욱이 지금도 사람은 어떤 원숭이보다도 더한 원숭이다.

3

사람의 영혼 그 밑바닥에는 진창이 쌓여 있다.

더욱이 그 진창에 영혼이 있다면, 아아 슬픈 일이어라.

사람이기보다 차라리 완전한 동물이었으면 좋으련만.

그러나 동물이 되는 것에도 또한 순진함이 필요하다.

4

초인이란 대지의 뜻이다. 그대들의 의지는 이렇게 말해야 한다.

초인이란 대지의 뜻이어야 한다고.

형제들이여, 나는 그대들에게 간절히 바란다.

대지에 충실하라고, 그대들은 천상의 희망을 말하는 자를 믿어서는 안 된다.

5

진실로 사람이란 불결한 강의 흐름이다. 우리들은 결단을 내려서 우선 바다가 되지 않으면 안 된다. 더러워지지 않고 불결한 강의 흐름을 삼켜버리기 위해서는.

들어라, 나는 그대들에게 초인이 무엇인지를 가르쳐주고 있다. 초인이란 그런 바다인 것이다.

6

실제로, 하늘을 향해 외친 것은 그대들의 죄악이 아니다.

하늘을 향해 외친 것은 그대들의 죄악에 따르는 비열함이다.

그대들의 광염光焰의 혀로 핥는 그 번개는 어디에 있는가.

그대들에게 접종되는 그 광기狂氣는 어디에 있는가.

들어라, 나는 그대들에게 초인에 관해 가르쳐주겠다.

초인이란 바로 그 번개이고 그 광기인 것이다.

7

나는 사랑한다. 상처를 입었을 때에도 계속해서 영혼의 깊이를 잊어버리지 않는 자들을. 그리고 작은 체험에 의해서도 기꺼이 멸망할 수 있는 자를.

나는 사랑한다. 몰락하는 자로서 사는 것 외에는 다른 방법을 가지고 있지 않는 자를. 그는 피안彼岸을 향해 건너가는 자이기 때문이다. 스스로를 망각할 정도로 영혼이 충만하며 모든 것을 자신의 내면에 가진 이를 나는 사랑한다. 이렇게 하여 모든 것은 그의 몰락을 재촉하게 된다. 나는 자유로운 정신과 마음을 가진 사람을 사랑한다.

이리하여 그의 머리는 단지 마음의 내장이지만 그의 마음은 그를 몰락으로 이끈다. 어두운 구름에서 방울져 떨어지는 무거운 빗방울같이 사람들 위에 걸터앉은 모든 이들을 나는 사랑한다. 그들은 번개 칠 것을 예언하며 예언자로서 멸망해 간다.

보라, 나는 번개의 예언자요, 구름으로부터 떨어지는 무거운 빗방울이다. 하지만 번개는 초인이라 일컫는다.

8

위대한 대낮이라는 것은, 사람이 짐승과 초인 사이에 걸어놓은 끈의 중

앙에 서서 이제부터 저녁을 향하는 자신의 길을, 자아의 최고의 희망으로서 축하할 때이다.

그것이 최고의 희망이 될 수 있는 것은 새로운 아침으로 향하는 길이기 때문이다.

9

차라투스트라의 영혼.

가장 긴 사다리를 갖고 있어 가장 깊이 내려갈 수 있는 사람. 자기 속에서 가장 멀리 달리느라 길을 잃고 방황할 수 있는 가장 폭넓은 영혼. 기꺼이 우연 속에 떨어지는 가장 필연적인 영혼. 생성 속에 들어가려는 존재의 영혼과, 의지와 욕망 속에 들어가려는 소유의 영혼. 스스로를 가장 넓은 동그라미 안에다 집어넣고 도망치며, 뒤쫓는 영혼. 온갖 사물들의 흐름과 거슬러서 흐름을, 썰물과 밀물을 한꺼번에 지니고 있는, 자기 스스로의 가장 사랑하는 영혼.

10

강렬한 강풍처럼 우리들은 천민賤民을 뛰어넘어 살고 싶다. 독수리의 이웃으로서, 눈雪의 이웃으로서, 태양의 이웃으로서 강풍은 살아간다. 그리고 우리들은 언젠가는 바람처럼 그들의 한가운데를 휩쓸고 들어가, 나의 정신으로써 그들의 미약한 호흡을 빼앗으리라. 나의 미래는 그것을 바란다.

진실로 차라투스트라는 모든 저지低地를 향해 몰아치는 강풍이다.

그는 그의 적들에게, 침을 뱉을 만한 모든 자에게 이렇게 충고한다.

"바람에 대항해서 침을 뱉지 마라!"

11

어느 뜨거운 대낮에 차라투스트라는 무화과나무 아래서 졸고 있었다. 그의 두 팔은 얼굴을 감싸고 있었다.

그때 살무사 한 마리가 와서 그의 목을 물었다. 아픔에 못 이겨 차라투스트라는 소리를 질렀다.

그가 팔을 얼굴에서 내리고 살무사를 뚫어지게 쳐다보자, 살무사는 그것이 차라투스트라의 눈동자임을 알고 서둘러 몸을 돌려 달아나려고 했다.

"달아나지 마라!" 차라투스트라가 말했다.

"너는 아직 내게서 감사의 말을 듣지 않았다. 너는 나를 적당한 때에 잠에서 깨워주었다. 내가 가야할 길은 아직 멀기 때문이다."

"그대가 갈 길은 얼마 남지 않았다." 살무사는 슬프게 말했다.

"내 독은 목숨을 빼앗는 독이다." 차라투스트라는 미소를 지었다.

"지금까지 용이 뱀의 독으로 죽는 일이 있던가?" 그렇게 차라투스트라는 말했다.

"그러나 너는 독을 다시 회수해라. 너는 그것을 나에게 줄 정도로 부자는 아니니까."

그러자 살무사는 다시 한 번 차라투스트라의 목에 긴 몸을 감고 그 독을 핥았다.

12

나는 급류의 기슭에 서 있는 난간이다.

나를 붙들 수 있는 자는 나를 붙들어라.

그러나 나는 그대들의 지팡이는 아니다.

13

독수리가 아니고서는 둥지를 낭떠러지 위에 마련해서는 안 된다. 뜨거운 심장과 차디찬 두뇌의 결합—광풍, 즉 구세주.

신이 사람의 실책이다

1

왜 사람만이 웃는가를 나는 잘 알고 있다. 사람만이 웃음을 고안하지 않을 수 없을 만큼 깊이 괴로워했기 때문이다. 불행한, 그리고 가장 우울한 동물은 가장 쾌활한 동물이기도 하다.

사람이 존재하기 시작한 후 지금까지 사람에게는 즐거울 수 있는 일이 너무나 적었다. 그것만이, 나의 형제들이여, 우리의 원죄이다.

2

대지는 피부를 가지고 있다.

그리고 이 피부는 여러 가지 병을 앓고 있다.

예를 들면, 그 병의 하나는 '사람'이라고 불리는 것이다.

3

사람은 신神의 실책이다.

그렇지 않으면 바로 신이 사람의 실책이다.

4

사람이 자기를 쉽사리 신이라고 생각하지 않는 이유는 하복부 때문이다.

5

그대들은 사람이 겸허하고 부지런하고 호의적이며, 자제력이 강한 자로 변하기를 바라는가? 즉 선인이 되기를? 나는 이러한 사람이야말로 이상적인 노예이며, 미래의 노예에 지나지 않는다고 생각하고 있다.

6

수치, 수치, 수치. 이것이 사람의 역사이다.

그리하여 고귀한 자는 얼굴을 붉히지 않도록 스스로를 억제한다.

모든 괴로운 자들 앞에서 그는 스스로의 수치심을 억제하고 있다.

7

많은 여행을 해온 사람도, 세계의 어딘가에서 사람의 얼굴보다 더 추악한 세상을 발견하지는 못했을 것이다.

8

우리들은 자유롭게 꿈을 꿀 수 있을 뿐 절대로 육체의 속박에서 벗어날 수가 없다. 마치 지옥에 갇혀 있는 죄인과 같은 것이다. 탄생 그 자체가 이미 죄인 것이다.

우리들의 잘못은 "나에게 책임이 있다"라는 명제 가운데 있으며 반대로 "나에게는 책임이 없으며, 누군가 다른 사람에게 책임이 있다"는 명제 가운데도 있다. 이것은 진실이 아니다. 철학자는 그리스도처럼 "비판을 받지 않으려거든 비판하지 마라"고 이야기해야 할 것이다.

9

밝은 그림자― 완전히 음울한 사람 곁에는 반드시 그에게 예속되어 있는 밝은 영혼이 있게 마련이다.

세계를 개선하기 위하여― 만약 불평가나 우울증 환자, 편협하고 비굴한 자의 번식을 방지할 수만 있다면 그것만으로도 지상을 행복의 낙원으로 만들 수 있을 것이다.

10

사람이 빛을 향하여 모여드는 것은 더 잘 보기 위해서가 아니라 더욱 잘 빛나기 위해서이다.

11

희극배우로서의 사람— 사람이 자신을 세계의 모든 존재의 최종적인 목적으로 보고, 인류가 세계적인 사명에 대한 전망을 획득함으로써 처음으로 진지한 만족의 상태 가운데서 유머를 맛보기 위해서라도, 사람보다 훨씬 더 재주 있는 어떤 피조물이 존재해야 할 필요가 있다.

신이 사람을 창조했다면, 그것은 신이 그 기나긴 세월을 유쾌하게 지내기 위해서 그와 비슷한 꼴의 원숭이 한 마리를 만든 것에 지나지 않는다. 지구를 둘러싸고 있는 저 별들의 음악도 아마 사람을 구경하면서 떠들어대는 다른 피조물들의 웃음소리일 것이다.

12

아무것도 아름답지 않다. 사람만이 가장 아름답다. 이것에 모든 미학은 기초를 두고 있다. 이 소박성이 미학의 제1의 진리다.

나는 여기에 제2의 진리를 부가하고 싶다. 다음과 같이 아무것도 추하지 않다. 사람만이 가장 추하다. 즉 퇴화된 사람 이외에는 아무것도 추하지 않다.

13

평범한 사람은 자기가 단 하나의 목적을 위해 살고 있다고 말하고 싶어 한다. 이것이야말로 그 자신과 또한 그가 추구하려는 목적에 대한 그의 무지를 발견할 수 있는 가장 정확한 표현이다. 대체 그가 그걸 위해 산다는 그 장대한 목적이란 무엇인가?

그대가 지닌 가치관의 타당성을 시험하려면 나의 훌륭한 시민이여, 어느 든든한 나무 아래서라도 서서 그대 스스로에게 이 사실들을 되풀이해 보라. 그리하여 혹시 그 나무의 조용한 가지들이 그대와 그대의 목적을 영원한 비웃음거리로 조롱하지 않는가를 살펴보라.

14

사람은 나무와 비슷한 것이다.

높은 곳으로, 밝은 곳으로 뻗어가려 하면 할수록 그 뿌리는 더 강한 힘으로 땅으로 파고들어 간다.

아래로, 암흑으로, 악의 구렁텅이로.

15

모든 것의 가치의 근원은 사람이다. 사람이 자아를 유지하기 위해서 그것들의 가치를 여러 사물에 부여한 것이다. 사람이 근원이고, 그것이 모든 사물의 뜻, 즉 인간적인 뜻을 만들어 부여한 것이다.

16

만일 꼽추에게서 그 등의 혹을 떼어낸다면 그것은 그의 정신을 제거하는 것이 된다.

이것은 민중이 나에게 가르치는 지혜다.

맹인에게 시력을 돌려주면, 그는 지상에 있는 너무나 많은 불유쾌한 것을 보게 되어 그를 고쳐준 사람을 원망할 것이다.

또 앉은뱅이를 걷게 하는 것은 그에게 최대의 화를 내리는 것이다. 왜냐하면 그가 걷기 시작하자마자, 그의 악덕도 그와 함께 갈 테니까.

이것이 불구자들에 대한 민중의 가르침이다.

17

육체를 믿는 것은 영혼을 믿는 것보다 한층 더 기본적이다.

영혼을 믿는 것은 고찰하는 습성에서 발생한 것이다.

육체를 무시하는 것은 꿈속의 진리를 믿는 것처럼 어리석다.

18

그대는 자아를 '나'라고 부르고 그것을 자랑으로 삼는다.

그러나 더 위대한 것은 그대가 믿으려 하지 않는 것, 즉 그대의 육체와 그 육체가 가지는 커다란 이성이다. 그것은 나를 주장하지 않으면서 나를 행하는 것이다.

19

육체는 하나의 위대한 이성이다. 뜻을 가진 하나의 복수이며, 하나의 전쟁이며, 평화이며, 한 떼의 양이며, 한 사람의 목자이다.

형제들아, 너희들은 너희들의 보잘 것 없는 이성을 '정신'이라 부르지만,

이는 실로 그대 육체의 도구에 불과하다. 또한 이성의 장난감에 불과하다. 육체는 지혜로 자신을 깨끗이 씻는다. 지식으로 스스로를 끌어 올린다. 인식하는 사람에게 일체의 충동은 신선한 것이다.

끌어올려진 영혼을 가진 사람은 쾌활하다.

20

너무나 아름답고 인간적인 것— "인간처럼 죽고야 마는 존재에게 자연은 너무나 아름답다"고 느껴질 때가 있다. 그러나 나는 여기에 이렇게 덧붙이지 않을 수가 없다. '사람' 역시 관찰하는 자에게는 너무나 아름답다! 도덕적인 사람뿐만 아니라 다른 모든 사람이 그렇다.

21

우리들의 온갖 형이상학적 숙고는 우리가 일정한 동물적 욕구와 기능을 지닌 유기체적 동물이라는 사실에 의해 조건지어진다.

22

나의 형제여, 그대가 '정신'이라고 이름붙이고 있는 그대의 작은 이성도, 그대의 육체의 도구이다. 그대 큰 이성의 작은 도구이고 장난감이다.

23

정신의 세 가지 변화를 나는 그대들에게 말하고자 한다. 즉 어떻게 정신이 낙타가 되며, 낙타가 또한 사자가 되며, 마침내는 사자가 어린이로 되는가를.

경건한 마음이 깃들고 있는 억세고 부담력이 강한 정신에 대하여 여러 가지의 무거운 것이 있다. 왜냐하면 무거운 것과 가장 무거운 것을 그 억센 것이 요구하기 때문이다.

무엇이 무거운가? 이렇게 부담력이 강한 정신을 묻고서, 그는 낙타처럼 무릎을 꿇고 많은 짐을 짊어지게 되는 것을 바란다.

내가 그것을 몸소 짊어지고서, 내 힘이 억센 것을 스스로 즐기는 그처럼 가장 무서운 것이란 도대체 무엇인가, 그대들 용사들이여! 하고 부담력이 강한 정신을 물었다.

그것은 자기의 오만을 억누르기 위하여 스스로를 낮추는 것이 아닐까? 자기의 지혜를 비웃기 위하여 스스로의 어리석음을 나타내는 것이 아닐까?

혹은, 그것은 우리의 관심사가 승리를 이루었을 때, 그것과 헤어지는 것을 말하는 것이 아닐까?

실험자實驗者를 실험하기 위하여 높은 산에 오르는 것이 아닐까?

혹은, 그것은 인식認識의 도토리와 풀로써 몸을 기르고, 진리를 위하여 영혼의 굶주림을 견디는 것이 아닐까?

혹은, 그것은 병들어서 위로하는 자를 물리치고, 그리하여 그대가 바라는 것을 결코 듣지 못하는 귀머거리들과 사귀는 것이 아닐까?

혹은, 그것은 진리의 물이라면 더러운 물에라도 들어가서 싸늘한 개구리와 따가운 맹꽁이를 물리치지 못한다는 것이 아닐까?

혹은, 그것은 우리를 경멸하는 자들을 사랑하며, 우리를 위협하려는 유령과 악수를 하는 것이 아닐까?

이와 같은 모든 가장 무거운 것을, 부담력이 강한 정신을 스스로 짊어진다. 그리하여 무거운 짐에 지워져서 사막을 달리는 낙타처럼, 그는 그 사막에 달려간다.

그러나 가장 쓸쓸한 사막에 다다르면 둘째 번의 변화가 일어난다. 여기에서 정신은 사자가 되며 그는 자유를 획득하여, 그 자신의 사막에 있어서 주인이 되려고 한다.

그의 맨 마지막의 주인을 여기에서 그는 구하고, 그 주인과 그의 최후의 신神에 그는 적대시하려 한다. 그는 커다란 용과 싸워서 이기려고 한다.

정신이 이미 주인이라고, 또는 신이라고 부르려 하지 않는 커다란 용이란 어떠한 것일까? 커다란 용은 "그대는 마땅히 해야 하노라"고 불린다. 그러나 사자의 정신은 "나는 하고자 하노라"고 말한다.

"그대는 마땅히 해야 하노라"는 말은 황금빛에 빛나며 용처럼 그의 가는 길 곁에 가로놓여 있다. 그리하여 그 비늘[鱗片]마다 "그대는 마땅히 해야 하노라!"가 금빛으로 빛나고 있다.

수천 년의 가치가 이들의 비늘 위에 빛나고 있다. 그리고 모든 용 가운데에서 가장 힘이 강한 자는 이렇게 말하였다. "만물의 모든 가치, 그것은 내 위에서 빛나고 있노라"고.

모든 가치는 이미 창조되어 있다. 그리하여 모든 창조된 가치—. 그것은 바로 나이다. 진실로, "나는 하고자 하노라"는 말이란 "이게 있어서는 안 될 말이로다!" 이렇게 용은 말하였다.

나의 형제들이여, 왜 정신에게 사자가 필요 되는가? 왜 모든 것을 단념하고 경건한 부담을 견딜 수 있는 동물에 만족하지 않으려는가?

새로운 가치를 창조한다―그것은 사자일지라도 아직 이루지 못하였다. 그러나 새로운 창조를 위한 자유를 창조하는―그것은 사자의 힘으로써 곧잘 할 수 있는 것이다.

스스로 자유를 창조하고, 의무에 대해서까지도 신성한 부정을 말하기 위해서는 사자가 필요한 것이다.

나의 형제들이여.

새로운 가치에 대한 권리를 스스로 붙잡는 것은― 그것은 무거운 짐을 견딜 수 있는, 그리고 경건한 정신에게는 가장 무서운 취득이다. 진실로, 그것은 그에게는 하나의 약탈掠奪이며, 약탈하는 짐승의 소행이다.

그는 그의 가장 신성한 것으로서, 일찍이 "그대는 마땅히 해야 하노라" 함을 사랑하였다. 이제 그는 그의 사랑으로부터 자유를 빼앗기 위하여, 가장 신성한 것 중에서도 환상幻像과 방자放恣함을 찾지 않으면 안 된다. 이 약탈에는 사자가 필요하다.

그러나 나의 형제들이여, 사자도 이루지 못하였던 것을 어린 아이가 해낼 수 있을까? 어떻게 하여 약탈하는 사자는 더 나아가서 어린아이가 되지 않으면 안 되는가를 말하여 주려무나.

어린아이는 천진하다. 그리고 건망健忘이다. 새로운 출발이다. 한 유희遊戱다. 스스로 돌아가는 수레바퀴다. 맨 처음의 운동이다. 그리고 신성한 긍정이다.

그렇다, 나의 형제여, 창조의 놀이에는 신성한 긍정이 필요하다. 이제 정신은 제 스스로의 의지를 바라고 세계를 상실한 자는 제 스스로의 세계를 싸워서 얻는 것이다.

정신의 세 가지 변화를 나는 그대들에게 말하였노라. 어떻게 하여 정신이 낙타가 되며, 낙타가 또한 사자가 되며, 드디어 사자가 어린아이로 되는가를.

이렇게 차라투스트라는 말하였다. 그때 그는 '얼룩소'라고 부르는 도시에 머무르고 있었다.

24

일찍이 정신은 신神이었다.

이윽고 그것은 사람이 되었다.

지금 그것은 천민으로까지 떨어져가고 있다.

25

정신의 자유를 얻은 자도 역시 자아를 정화시키지 않으면 안 된다.

그의 내부에는 더 많은 감옥과 부패물이 남아 있다. 그의 눈은 한층 깨끗해지지 않으면 안 된다.

26

자아, 그 자아의 모순과 혼란은 그 기묘함에도 불구하고 가장 솔직하게 스스로의 존재를 말한다.

27

춤추는 별을 낳기 위해서는, 낳을 수 있게 되기 위해서 사람은 자아 속에 혼돈을 가지고 있지 않으면 안 된다.

삶, 그것보다 높이 평가될 수 있는 것은 없다

1

진실로 우리들이 삶을 사랑하는 것은 삶에 익숙해 있기 때문이 아니라, 사랑하는 것에 익숙해져 있기 때문이다.

2

삶, 기쁨의 샘이여, 너무 거셀 만큼 그대는 흘러넘친다. 그리고 그대는 가득 채우기 위해 잔을 비우곤 한다.

3

무릇 생이 있는 곳에만 의지가 있다. 그러나 그것은 삶에의 약자가 아니고—나는 그대들에게 가르친다—힘에의 의지이다.

살아 있는 자에게 있어서 많은 것이 삶, 그 자체보다 높이 평가된다. 그러나 그런 평가의 방식 속에서 명백히 발견할 수 있는 것은 '힘에의 의지'이다.

4

대지는 무용한 자들로 가득 차 있다. 삶은 '다수'의, 너무나 다수의 사람들에 의해서 손상되고 있다.

5

그들 자신은 삶에서 떨어져 나가기를 바라고 있다. 그런데 또 그들이 타인을 쇠사슬과 선물로써 한층 더 강하게 삶에 붙들어 놓으려고 하는 것은 어찌된 일인가.

6

진실로 나는 저 새끼 꼬는 사람처럼 되고 싶지는 않다.

그는 새끼를 길게 꼬아 나아간다.

그러면서 그는 자꾸만 뒤로 물러난다.

7

인생은 지기에 무겁다.

그러나 그렇게 연약한 꼴을 보이는 일 따위는 그만두라.

한 방울의 이슬을 이고 있기 때문에 떨리는 장미 꽃봉오리와 우리들 사이에는 무슨 공통점이 있을까?

8

존재와 생성. 이성은 어떻게 발달하였나? 그것은 감각론적 기초에 그 원인을 두고 감관의 선입관에 기인해서, 즉 감관 판단의 진리를 신봉하는 가운데서 발달했다.

생. 호흡한다. 영혼을 가졌다. 의욕하고 작용한다. 생성한다는 개념의 보편화로서의 존재. 그 반대는 영혼을 갖지 않는다는 것이다. 따라서 존재하는 것에 대립해 있는 것은 존재하지 않는 게 아니다. 가상적인 것도 아니다.

뿐만 아니라 죽는 것도 아니다. "왜냐하면 살아 있는 것만이 죽을 수 있기 때문이다." 근원적인 사실로서 영혼, 자아가 주장된다. 따라서 생성하는 모든 곳에 이것이 삽입되는 것이다.

9

모든 양은 질의 표시가 아닌가. 생장 자체가 더 큰 것으로 존재하기를 바라는 욕망이다. 하나의 질서에서는 더 큰 양을 향한 욕심과 희망이 생긴다. 순수한 양의 세계에서는 모든 것이 절멸하고 굳어져서 아무것도 운동하지 않을 것이다.

모든 질을 양으로 바꾼다는 것은 배리이지만, 이것으로 미루어 알 수 있는 것은 양자가 어떤 의미에서 공존 상태이며 유추라는 것이다.

10

우리는 세 가지 방법으로 이 현존의 세계를 이탈한다. 우리가 가진 호기심으로써, 우리의 복종으로써, 우리의 공감이나 존경으로써. 우리는 이 세 가지 방법을 구사하여 무슨 반란을 일으키고 있는 것이다. 우리는 이미 알려진 세계를 비판하기 위하여 어떤 해석을 만든 것이다.

세계란 것은 여러 모로 해석할 수 있는 것이다. 문제는 그 해석이 생장의 조짐인가, 몰락의 조짐인가 하는 데 있다. 통일의 일원론은 타성의 욕구이다. 해석의 다양성, 그것이야말로 힘의 징후이다. 세계의 불안한 성격, 수수께끼 같은 성격을 부인하려 해서는 절대로 안 된다.

11

지금까지 '참의 세계'가 어떤 모양으로 상상되어 왔다고 하더라도 그것은 항상 가상의 세계였다. 가상의 세계와 참된 세계와의 적대 관계는 '세계와 무無'라는 두 대립으로 바뀐다.

12

참의 세계와 가상의 세계. 이 개념에서 시작되는 세 가지 유혹.

1. 미지의 세계. 우리는 모험가일 뿐만 아니라 호기심에 사로잡혀 있다. 이미 알려진 것들, 또는 현재의 것들은 우리를 다소 피로하게 한다.

2. 별도의 세계. 여기서는 사태가 바뀐다. 우리들의 내부적인 어떤 것을 비교하고 계산하여 우리의 조용한 복종, 우리의 침묵은 그 가치를 상실한다. 모든 것이 아마 뜻대로 될 것이며 우리의 희망은 도로徒勞가 아니었던 것이다. 사태는 여기에서 일변해 있는 것이다. 우리들 자신이 일변해 있는 세계 그 자

체인지도 모른다.

3. 참의 세계. 이것은 우리를 겨누고 있는 가장 교만한 공격이다. 참이라는 말은 아주 다양한 의미를 가지고 있기 때문에 우리는 무의식중에 이 말을 참의 세계에도 똑같이 주어버리고 만다. 즉 참의 세계는 성실한 세계일 뿐만 아니라 우리를 속이고 놀려대는 일이 전혀 없는 세계이기도 해야 하며, 이 세계를 믿는 것은 그렇게 하지 않을 수가 없는 이유 때문이다. 신뢰를 받아도 좋은 사람들 사이에서 행해지는 예의 면으로 보아서 그렇다는 말이다. 참의 세계라는 개념은 이 현재의 세계를 불성실하고 기만적으로 정직하지 못한, 모조품의, 본질적인 것이 아닌— 그러므로 우리의 이익과는 아무 상관관계가 없는 세계로서 암시한다.

13

파르메니데스는 말했다. "존재하지 않는 것은 생각할 수 없다"라고. 나는 다른 극단적인 의견을 말하겠다. "생각조차 할 수 없는 것은 허구임이 틀림없다"라고.

14

"우리는 자신이 삶에서 멀어지는 것과 정비례해서 진리에 가까워지리라" 하고 독약을 마실 즈음 소크라테스는 말했다.

모든 것이 헛되고 바람을 뒤쫓는 것이지만 그래도 이 솔로몬적인 지혜는 삼키기가 힘들다. 바로 종말에 이르기까지 나는 내게 낭만적 사랑의 가능성을 최초로 가르쳐준 루를 꿈꾸리라.

그녀와의 입맞춤에 반대하는 것은 소크라테스나 쇼펜하우어, 그리고 솔로몬과 석가모니처럼 삶에 대한 열정을 상실한 거세된 남자들의 시샘에 지나지 않는다.

15

현대의 삶이 고통스러운 것은 그리스인들의 삶의 방식에서 이탈했기 때문이다.

16

자기중심적이고 고독한, 홀로인 나의 두뇌로는 더 이상 예술이나 관념에의 정점에 도달할 수가 없다. 그러나 존재의 포효하는 바람과 울부짖는 물결의 한복판에서 그녀가 벌린 팔의 항구를 향해 건잡을 수 없이 나는 달려간다.

오오, 루여. 나로 하여금 정열과 지복至福에의 본능에 굴복하게 해다오! 아아, 하지만 그건 너무 늦었다. 너무나 늦은 것이다—그녀는 가고 없다. 그리하여 내일 이미 나는 죽어 있게 되리라.

17

인생이 재미있는 구경거리가 되기 위해서는 인생의 연극이 잘 연출되지 않으면 안 된다. 그러나 그것을 위해서는 무엇보다 좋은 배우가 필요하다.

나는 허영을 지닌 자가 모두 좋은 배우라는 것을 알았다. 그들은 사람들이 기꺼이 구경할 것을 바라서 연기를 한다. 그들의 온 정신은 이 의지와 결합되어 있다.

그런 의미에서 나는 허영기가 있는 사람을 너그럽게 보아준다. 그들은 나의 우울증의 의사이며, 나를 하나의 연극에 결부시키는 것처럼 사람이라는 것에 결부시켜 준다.

더욱이 또 누가 허영을 지닌 사람의 겸손의 깊이를 측정할 수 있겠는가. 나는 그가 겸손하기 때문에 그에게 호의를 갖고 그를 불쌍히 여긴다.

18

영원히 존재한 것의 가치에 "스피노자와 데카르트의 치졸함을 보라." 가장 명이 짧고 무상한 것의 가치를 생이라는 뱀의 배에서 빛나는 유혹적인 황금빛으로 대립시킬 것.

19

존재, 즉 우리는 살아 있다는 것 외에는 어떤 표상도 가지지 않는다. 따라서 어떤 이유에서 무엇인가 죽은 것이 존재할 수 있겠는가.

20

우리 지성의 어디까지가 생존 조건의 귀결인가. 만약 우리에게 지성이란 것이 필요하지 않다면 그것을 갖지 않았을 것이다. 또 우리가 이와 같이 지성을 필요로 하지 않는다면, 우리들에게 다른 사는 방법이 있다면 이처럼 그것을 갖고 있지 않을 것이다.

21

커피는 사람을 음울하게 한다.

차는 아침에만 좋다. 그것도 아주 적은 양으로 그러나 짙게 타서 마셔야 한다.

만일 차가 적은 양이라 해도 너무 옅게 타서 마시면 매우 해롭고 종일 불쾌하다.

22

원한에서 영혼을 해방시키는 것— 그것이 건강을 위한 첫째 길이다. "적의에 의해서 적의는 결코 끝나는 것이 아니다. 우정으로써 적의는 끝난다." 석가의 가르침의 맨 처음은 이렇게 기록되어 있다. 이것은 도덕적인 것이 아니고 생리적인 것이다.

원한은 약한 곳에서 태어나는 것이지만 누구보다도 약자에게 해로운 것이다. 이에 반해서 그 천성이 근본적으로 풍부한 사람의 경우에는, 원한이란 하나의 부질없는 감정이며, 그것은 극복하는 힘을 잃지 않는 것이 풍부함의 증거가 되는 감정이다.

23

"지혜의 나무가 있는 곳에 낙원이 있다." 태초의 뱀도 그렇게 말했다. 현대의 뱀도 항의, 보존에서의 일탈逸脫, 즐거운 불신, 그리고 조롱벽은 건강의 징조다. 모든 것을 무조건 받아들이는 일은 병적인 것이다.

24

죽음이 정녕 삶보다 더 좋은 것은 아니다. ―석가나 성자들에도 불구하고. 죽어가고 있는 나는 죽은 자보다 더 비극적인 것은 아무것도 없다는 사실을 안다. 그가 땅 속에 누워 있든, 혹은 삶이나 미래에 대한 신념도 없이 살아 있는 시체로 걸어 다니든 간에. 나는 어머니의 자궁 속에서부터 삶을 사랑해 왔으며 또한 이제금 나의 관측 장송가들이 주위에 모여들어 영원 속으로 나를 데려갈 신호를 기다리고 있는 지금도 역시 삶을 사랑한다.

25

독약은 쓰다. ―어느 시대를 막론하고 사람에게 독약을 마시게 하지 않으려고 애쓴 이유는, 그것이 사람을 죽게 하는 물질이라는 점이 아니라 맛없고 쓰다는 점에 있다.

26

어떻게 죽느냐는 중요하지 않다. ―임종할 때의 모습으로 그 사람의 생애를 증언하려는 짓은 용서할 수 없는 악덕이다. 거기에는 피할 수 없는 생리적인 영향이 아니면 연극적인 과장이 섞여들기 때문이다.

27

죄 없는 사람의 처형— 역사상 최대의 사람이었던 그리스도와 소크라테스의 처형은 교묘하게 위장된 자살이었다. 두 가지의 경우가 모두 처음부터 죽음을 피할 수 없도록 되어 있었다. 그들은 인간적인 불법의 손들을 빌려 자기 가슴을 칼로 찔렀던 것이다.

28

모든 사람이 죽는다는 것은 대단한 일이라고 생각한다.

그러나 죽음 그 자체는 어떠한 축제가 아니다.

사람은 아직도 가장 아름다운 축제의 방법을 습득하지 못하고 있다.

대다수 사람들은 죽는 것이 너무 늦다.

또 어떤 자는 죽는 것이 너무 이르다.

"때에 맞추어 죽어라."

29

그대들의 죽음이 사람과 대지에 대한 모독이 되지 않도록 하라. 죽을 때도 거기에는 여전히 그대들의 정신과 그대들의 덕이 대지를 감싸는 저녁노을과 같이 타오르고 빛나고 있지 않으면 안 된다. 그렇지 않으면 그대들의 죽음은 실패할 것이다.

30

자살을 생각하는 것은 강장 진정제이다. 이것으로 사람들은 많은 괴로운 밤을 참고 보낼 수 있다.

31

죽음이란 형이상학의 모든 문제의 끝이다. 삶에서 그것의 소임은 우리 생전에는 규명될 것 같아 보이지 않는다. 혹은 우리가 생각하는 식으로는 확인될 것 같지는 않다.

죽음은 의식의 정지나 혹은 인격의 즉각적인 종결조차도 아니다. 우리는 죽어버린 사람의 모습이나 자태 그리고 저들의 감정에 지나치게 사로잡혀 있다….

대체 죽음이란 무엇인가? 아무도 진정으로 그걸 알지 못한다.

32

어젯밤 나는 내가 칠흑의 옥좌 앞에 서 있는 꿈을 꾸었다. 이 응축된 암흑 위에는 검은 두건을 쓴 형상이 앉아 있었는데 나는 본능적으로 그것이 내 운명임을 알아보았다.

"대체 그대가 내게 원하는 게 무엇인가?" 내가 물었다.

"그대가 할 일은 단 한 가지만 남았노라." 내 운명의 목소리는 말했다. "나는 그대의 용이로다. 따라서 그대는 나를 죽일 정도로 충분히 날카로운 도끼를 찾아야만 하네."

33

잔다는 것은 결코 쉬운 일이 아니다.

잠자기 위해서는 종일 눈 뜨고 있지 않으면 안 된다.

잠에 대해 경의와 수치의 마음을 가져라.

이것이 근본적인 것이다.

그리고 잘 자지 않는 자, 밤에 자지 않는 자를 피하라.

34

밤에— 해가 저물고 어둠이 깔리기 시작하면 가까운 것들에 대한 우리들의 느낌이 조금씩 변질되기 시작한다. 바람은 지나쳐서는 안 될 그런 길을 배회하고 있는 것처럼 느껴진다. 속삭이는 듯한 한숨 소리를 내기도 하고, 찾고 있는 것이 끝내 발견되지 않아 언짢아하고 있는 것 같기도 하다.

램프의 따뜻한 불빛도 그렇다. 그 소담스러운 불빛은 피곤한 듯한 불빛을 던지고 있어 억지로 밤을 새우는, 어쩔 수 없이 주인에게 봉사하고 있는 노예처럼 보인다. 그리고 잠자는 사람의 숨소리가 낮아져 정적이 내리덮일 때에는 "잠시 동안 쉬어라. 번뇌에 괴로워하는 불행한 정신이여!"하고 마음속으로 중얼거리게 된다.

우리들은 생명이 있는 모든 것으로부터 그렇게도 심하게 시달리고 있기 때문에 영원한 휴식을 갈구하는 것이다. 그리고 밤은 이처럼 우리에게 죽음으로 들어가는 길을 속삭여 준다. 사람에게 태양이 주어져 있지 않았다면, 그래서 달빛과 등불만으로 밤을 상대해서 싸워야 한다면 우리들은 어떤 철학의 베일 속에 숨어 있게 되었을까?

35

해몽— 눈을 뜨고 있을 때 불분명한 것을 확실하게 가르쳐 주는 것이 꿈이다.

36

무덤이 있는 곳에만 부활이 있다.

37

일단 재가 되는 일 없이 어떻게 다시 소생하기를 바랄 수 있겠는가.

38

만약 그대가 태양이 또 하나의 지평선의 숲 위로 서서히 떠올라 올 동안 그대 스스로와 더불어 산길을 나란히 걸어본 적이 없다면 그대는 아직도 개인의 영혼으로서 그대의 재생에 적합한 광경을 발견하지 않은 것이다.

감정, 사람이 가지고 있는 영혼의 피부

1

본능— 집이 불탈 때는 사람들은 점심 먹는 것조차 잊어버린다. 그러나 그 잿더미 위에 앉아 다시 먹는다.

2

반대명제— 사람에 대한 가장 노회한 의견은 "자기를 항상 증오하라"는 것이었다. 가장 천진한 의견은 "네 이웃을 내 몸같이 하라"는 것이었다.

전자는 이미 종말을 고해 버렸고 후자는 아직도 시작할 기미를 보이지 않는다.

3

오해가 주는 이익과 손해— 섬세한 신경의 소유자가 나타내는 당황의 침묵이 섬세하지 못한 사람들에게는 우월감의 표현으로 받아들여진다.

그것이 '당황'에 지나지 않는다는 것을 알고 나면 그를 사랑할 수도 있을 것을.

4

두 가지의 냉정— 정신이 메말랐기 때문에 생기는 냉정과, 극기의 결과로 생기는 냉정을 혼동하지 않기 위해서 우리는 전자의 냉정은 기분 언짢은 것이고, 후자의 냉정은 쾌활하다는 것에 주의해야 한다.

5

체념한 사람들의 위험— 자기의 생활을 지나치게 간결한 욕망 위에 세우지 않도록 조심하라. 지위나 명예, 동료들 간의 교제와 육욕, 안락과 선물 같은 것을 가져다주는 여러 가지 기쁨을 단념해 버리면 그것이 여러 지혜로 발전하기 전에 삶에 대한 권태나 체념으로 나타나기 쉬운 까닭이다.

6

인내심이 강한 것들— 소나무는 지긋이 귀를 기울여 무엇인가를 듣고 있는 듯한 모습이고 전나무는 무엇인가를 기다리고 있는 듯한 모습이다. 그들에게는 조금도 초조해 하는 빛이 없다.

7

조심스러움— 어느 누구의 기분도 상하게 하지 않고 누구에게나 폐를 끼치지 않으려고 하는 것은, 공정한 성격을 지닌 표시인 동시에 또한 비겁한 성격의 표시이기도 한 것이다.

8

모욕을 주고 나중에 용서를 바라는 편이, 모욕을 당하고 나중에 용서해 주는 것보다 훨씬 더 기분 좋다.

전자의 경우는 전력의 표징을 나타내고, 나중에 좋은 성격의 소유자임을 보여주게 된다. 후자는 인정이 없다는 인상을 보이기 싫으므로 그 이유 하나만으로 용서해 주어야 한다.

상대방이 머리를 숙이는 것을 보는 즐거움도 이 불가피성不可避性 때문에 흐려지게 된다.

9

행복— 힘[권력]이 증가되고 있는 감정— 저항을 초극한다는 감정을 말한다.

10

행복에 대해선 "네", 진리에 대해선 "아니오"— 이것이 흡사 민요의 합창과도 같이 사람의 경험을 꿰뚫고 있다.

11

정열은 미래에의 매개자로서의 희망이란 것과 동일하다.

정열은 우리들의 욕망이 지닌 저 엄청난 덧없음에 대항하는 유일한 방위 수단이다.

12

경멸받은 자들에게 주는 경고— 변명할 여지도 없이 신용을 잃게 되었을 경우에는 고도의 조심성을 유지할 필요가 있다. 그렇지 않으면 자신도 자기를 신용하지 않는다는 걸 폭로하기 때문이다.

13

후회— 후회한다는 것은 어리석음에 또 하나의 어리석음을 보태는 것이다.

14

위대한 은혜는 상대에게 감사하는 마음을 불러일으키지 않는다. 도리어 상대의 마음속에 복수심을 움트게 한다.

그리하여 자그마한 친절이 잊혀지지 않을 때, 그것이 가책의 벌레가 되어 그 은혜를 받은 자의 마음을 침식시킨다.

15

사람은 누구나 각자 저 나름의 길이와 폭과 깊이를 지닌 의식의 포로로 태어났다. 그가 얼마나 오래 배겨내는가는 이 같은 의식의 감옥이 제 4차원의 영역이나—혹은 대중의 언어로—그 자신의 영혼의 동일성에 도달하는 것에 얼마나 오래 전념하는가에 달려 있다.

아마도 은총에 도달하는 단 하나의 길은 그 자신을 신속하게 접근해 오는 열차와 맞대고 세워놓는 것일 게다. 만약에 그게 진실일진대 화약이야말로 개인의 분열성을 성취하는 데에 있어 철학보다 훨씬 위대한 기여를 할 수 있으리라.

16

칭찬받는 자에게— 누군가 그대에게 칭찬을 던지거든 언제나 그대가 아직도 그대의 궤도 위에 서 있지 못하고 타인의 궤도 위에 서 있다고 생각하라.

17

친절의 두 가지 근원— 어떤 사람이든지 무조건 친절하게 대한다는 것은 철저한 사람애의 발로가 아니면 깊은 모멸이다.

18

여우 중의 여우— 자기 입에 닿지 않는 포도뿐만 아니라, 자기 입에 닿는 건 물론 다른 사람보다 먼저 손에 넣을 수 있는 포도까지도 시다고 말할 수 있는 여우가 진짜 여우다.

19

은폐의 기술자— 성공을 거두는 사람들은 언제나 자기의 약점을 감추는 데 천재적이다. 그들은 자기의 약점이나 결함을 특별히 잘 알고 있어야 한다.

20

출세한 자의 철학— 출세하려고 마음먹은 자는 자기의 그림자까지도 존중할 수 있어야 한다.

21

자기에 대해 많이 말하는 것은 자기를 감추는 하나의 수단이 된다.

22

두 가지 평등.

평등에 대한 욕구는 다른 사람을 모두 자기 수준으로 끌어내리고 싶어 하거나(비난하거나, 묵살해 버리거나, 걸어서), 또는 여러 사람과 함께 자신도 끌어올리고 싶어 하는(칭찬하거나, 협조하거나, 남의 성공을 기뻐하며) 형태로 나타난다.

23

분노를 억제하기 위한 역설— 지껄이고 있는 동안에 마음이 차분해지기 때문에 자기의 분노를 터뜨리지 못하는 사람이 있고, 지껄이는 동안에 점점 더 흥분하여 자기의 분노를 완전하게 터뜨려 버리는 사람이 있다. 후자는 무리를 해서라도 자기의 성격을 억제하여 그것을 개선할 필요가 있다.

24

타인에 대한 동정심은 자기만족의 한 잔혹한 형태이다. 스스로에 대한 연민은 자기 비하의 가장 저급한 형태이다. 설사 하느님이 진정으로 우리를 불쌍히 여긴다 해도 그는 부정한 주사위(6만이 나오도록 납을 박은)를 가지고 내기를 하고 있는 것이다.

25

'동정'이 미덕이라고 불리는 것은 퇴폐적인 자들에게만 통하는 말이다.

내가 동정자들을 비난하는 것은, 그들이 자칫하면 수치심과 공경과, 타인과의 거리감에 대한 미묘한 감정을 잃어버리고 마는 까닭이다.

동정은 곧 천민의 악취를 풍기며 무례한 짓에 가까워진다. 동정의 손길은 사정에 따라서는 파괴적인 움직임을 가지고 하나의 커다란 운명 속에, 치명적인 고독 속에, 무거운 죄책감을 지닌 특권 속에 파고들어 갈 수가 있다.

동정의 극복을 나는 고귀한 덕의 하나로 보고 있다.

26

어떠한 악덕보다도 더욱 위험한 것이란 무엇인가? —그것은 불구자와 약자에 대한 동정적 행위— 바로 기독교인 것이다.

27

동정자— 동정심이 많고 남이 불행에 빠졌을 때에는 도와주기를 잘하는 사람들이 동시에 남의 기쁨을 함께 나누는 경우는 좀처럼 찾아보기 드물다. 남이 행복할 때 그들은 아무것도 할 일이 없는 잉여사람이며 자기들이 우월한 위치에 있다고 생각할 수 없으므로 곧 불만을 느낀다.

28

동정이란 삶의 감정 에너지를 고양시키는 강조적인 격정과 대립되는 것이며, 억압으로 작용을 한다. 우리는 동정할 때 힘을 상실한다.

29

우리의 허영심은, 우리가 가장 잘 한 일이 우리에게는 가장 어려웠던 일로 간주되길 바란다. 이것은 여러 도덕의 기원에 대해 말할 수 있는 것이다.

30

우리의 허영심이 가장 상처를 입는 것은 우리의 자만심이 상처를 입을 때이다.

31

가장 상처받기 어렵고 가장 극복하기 어려운 게 사람의 허영심이다. 그것은 상처를 받음에 따라 더욱 강력해진다.

32

매우 조잡한 형식의 허영심을 가진 자는 그것 때문에 자기를 경멸하지 않을 수 없는 것을 두려워한 나머지 허영심을 부인하고 만다.

33

뼈, 살, 내장, 혈관은 피부로 둘러싸여 있다. 그것 때문에 사람의 모습은 참고 견딜 만하다. 영혼의 활동이나 정열은 허영심으로 둘러싸여 있다.

허영심은 곧 영혼의 피부인 것이다.

여성, 그리고 사랑과 결혼

1

사랑이나 증오가 협연協演하지 않으면 여성은 평범한 연기자에 불과하다.

2

나는 어느 땐가 페리클레스 시대의 아테네와 혹은 메디치의 피렌체에 살았더라면 하는 바람을 말한 적이 있다. 이 두 시대야말로 여성이 예술품으로 간주되었던 황금기였으니까.

아스파시아는 예술의 수평적, 수직적 양면에서 뿐만 아니라 사랑과 지혜에서도 매우 뛰어난 나의 이상적 여성이다. 그리고 한동안 나는 루를 나의 아스파시아 꿈이 현실로 구현된 것이라고 생각했다. 환상에 대한 나의 의지가 나의 파멸을 초래한 원인이었던 것이다.

3

진정한 여성에게 학문은 수치심과 상극한다.

그들은 학문에 의해서 자신이 피부 밑을—심지어는 의상과 화장 밑을—들여다보이는 듯한 느낌을 갖는다.

4

너무나 오랫동안 여성의 내부에는 노예와 전제자가 숨어 있었다. 그렇기 때문에 여성에게는 아직 우정을 맺을 능력이 없다.

여성이 알고 있는 것은 오직 사랑뿐이다.

5

여자에게 모든 것은 수수께끼이다.

더욱이 여자에게 있는 모든 것은 다만 하나의 답으로만 풀린다.

그 답은 임신이다.

여자에게 남자란 하나의 수단이고, 목적은 언제나 어린애이다.

6

진정한 남자 속에는 어린애가 감추어져 있다. 이 감추어져 있는 어린애가 유희를 하고 싶어 한다.

자, 여자들이여. 남자 속에 숨어 있는 어린애를 발견해 내도록 하라.

7

남녀의 체질과 사망률— 체질상으로 남성이 여성보다 월등하다는 것은 사내애들이 여자애들보다 사망률이 높다는 것으로 증명된다. 그것은 사내 쪽이 '더 쉽게' 화를 내기 때문이다.

8

누구나 어머니라는 원체험을 통해 하나의 여성상을 마음속에 지니게 된다. 그래서 한 남자가 하나의 여성상을 마음속에 지니고 여자 전체를 경멸하느냐, 존경하느냐, 무관심 하느냐는 어머니에게서 유래된다.

9

두 사람 다 높이 올라갈 수 없는 사귐은 끝장내는 편이 낫다. 그러나 보통 남자들은 결혼을 하면 조금 낮아지지만, 여자는 남편으로 인해 조금 올라간다. 너무 정신적인 것에만 골몰한 남자는 결혼을 반대하지만, 결혼은 입에 쓴 약과 같아서 필요로 할 수밖에 없다.

10

연애로 맺어지는 결혼은 오류를 아버지로 하고 욕망을 어머니로 한다.

11

나는 어린애들을 좋아하고 애들 또한 나를 좋아한다. 그러나 나는 완전히 낯선 애들을 더 좋아한다는 건 인정해야겠다. 또한 내가 외국에서 만나는 애들을 가장 좋아한다는 것도.

그 아이들은 아마도 다시 만나게 될 날이 있을 것 같지 않기 때문에.

12

그대가 결혼과 어린이를 바라는 것은 금수의 그것인가, 필요에 따라 그러는 것인가? 그렇지 않으면 고독의 괴로움에서 그러는 것인가? 혹은 그대 자신에 대한 불만에서 그러는 것인가?

나는 바란다. 그대가 승리자이고, 그대 자신의 해방자이기 때문에 어린애를 동경하고 있는 것이기를.

13

결혼이란 창조하는 것보다 더 많은 것을 창조하려는 두 의지의 결합이다. 그들이 서로를 그런 의지의 의욕자로서 서로 외경하는 것이다. 이것이 그대가 하려는 결혼의 뜻이고 진실이어야 한다.

14

사랑이라는 것 속에는 언제나 약간의 광기가 있지만 광기 속에는 또 약간의 이성이 있기도 하다.

15

쇠가 지남철에 한 말이 있다.

"내가 너를 가장 미워하는 것은, 네게 나를 끌어당기면서도, 놓치지 않을 정도로 강렬하게 끌어들이지 않기 때문이다"라고.

16

사랑과 이원성二元性— 사랑이란 다른 사람이 자기와는 다른 방법으로, 전혀 상반되는 방법으로 살고, 일하고, 느끼는 것을 이해하고 또 기뻐할 수 있다는 것에 지나지 않는다.

이렇게 대립된 사이에 사랑이 기쁜 감정으로 왕래하도록 하기 위해서는 그 대립을 제거하거나 부정하지 말아야 한다.

17

순결이란 무엇인가. 순결이란 어리석음이 아니겠는가. 그러나 이 어리석음은 어리석음 쪽에서 우리에게 온 것이지, 우리들이 일부러 그 어리석음에게 가려 했던 것은 아니다.

우리들은 이 손님에게 우리의 마음을 숙소로 제공했다. 그래서 그는 지금 우리의 마음속에 머물러 있다. 그가 머무르고 싶은 동안에는 얼마든지 머물러도 좋다.

18

순결을 지키기가 곤란한 자에게는 순결을 단념하도록 권하는 것이 좋겠다. 순결이 지옥, 즉 영혼의 진수와 음탕에 이르는 길이 되지 않게 하기 위해서.

친구와 이웃과 우정과…

1

"우리의 동포는 우리의 이웃이 아니다. 이웃의 이웃이다."— 모든 사람은 이렇게 생각한다.

2

호의적인 가면假面— 사람들과 어울리면, 때때로 그들의 행위의 동기를 간파하고 있지 못한 것처럼 호의적인 가면을 쓸 필요가 있다.

3

지나치게 섬세한 것— 다른 사람의 약점을 눈치 채지나 않았나 하고 관찰할 때의 감수성은, 우리가 다른 사람의 약점을 엿보려고 할 때보다 훨씬 섬세하다.

4

어떤 자는 자기 자신을 찾기 위해서 이웃에게로 가고, 또 어떤 자는 자기 자신을 잃어버리기 위해 이웃에게로 간다. 자기 자신에 대한 조악한 사랑이 고독을 그대들의 감옥으로 만들어 버리고 마는 것이다.

그대들의 이웃에 대한 사랑으로 손해를 입는 것은 그 자리에 없는 자들이다. 그대들이 다섯이 모이면, 언제나 여섯 번째 사람이 희생의 제단에 오르지 않으면 안 된다.

5

남의 불행을 기뻐하는 마음의 변명— 남의 불행을 기뻐하는 마음의 내부에는 누구든지 자기의 경우를 들여다보고 싶지 않다는 심리적인 고통과 근심을 지니고 있다는 사실에 대한 자각이 숨어 있다. 그것은 남을 습격한 불행이 남을 자기와 동등한 선까지 끌어내리고, 그 바람에 자기가 가지고 있던 질투의 감정이 부드러워진다는 이유 때문인 것이다.

사람은 타인의 내부에서 자신과 동등한 정도의 사람을 인정한다는 요령을 배운 이래 처음으로, 다시 말해서 사회가 형성된 후 처음으로 남의 불행을 기뻐하는 마음이 싹트기 시작했던 것이다.

6

그대들의 이웃 사랑은 그대들 자신에 대한 그릇된 사랑이다. 그대들은 그대들 자신과 얼굴을 마주하는 것에서 벗어나서 이웃사람에게 달려간다. 그리고 그것을 하나의 덕으로 만들고 싶어 한다.

그러나 나는 그대들의 몰아沒我의 본질이 무엇인가를 알고 있다. '그대'는 '자아'보다도 발생에서 오래이다. '그대'는 이미 '성性'의 이름을 획득했지만 자아는 아직 그렇지가 않다. 그래서 사람은 이웃에게로 몰려가는 것이다.

7

나는 그대들에게 이웃을 가르쳐 주지 않겠다.

나는 그대들에게 벗을 가르쳐 주겠다.

이미 완성한 세계를 그대의 내부에 가지고 있는 벗, 선의 그릇인 친구를.

완성한 세계를 언제나 선물하려고 하는 창조에 몸담은 벗을.

8

그를 끌어들이고 싶은가.

그러면 그의 앞에 서서 당황한 태도를 보여라.

9

친구— 내가 있는 곳에는 언제나 한 사람씩 남는 사람이 있다. 언제나 하나에 하나를 곱하는 것이지만, 그것이 오래 되면 둘이 된다.

10

침묵— 자기의 친구에 대해서 이야기하는 것은 우정을 왜곡시키는 결과가 되기 쉽다.

11

만일 친구가 그대에게 사악한 일을 한다면 그대는 이렇게 말하는 것이 좋으리라.

'그대가 내게 한 것' 그것을 나는 용서해 준다. 그러나 그대가 그대에게 저지른 악행에 관해서는 내가 무슨 자격으로 그것을 용서할 수 있겠는가!

12

그대는 친구가 어떤 얼굴을 하고 있는가를 알기 위해서 친구의 잠자는 얼굴을 본 일이 있는가. 그대는 친구의 얼굴을 보고 놀라지 않았는가.

아아, 나의 친구여. 사람이란 초극되어야 할 어떤 것이다. 잠들어 있지 않은 친구의 얼굴은 도대체 어떤 것일까.

그것은 일그러진 거울에 비친 그대 자신의 얼굴이다.

13

친구에 대한 동정은 단단한 껍질 속에 감추는 것이 좋다. 그것은 씹으면 이가 하나 부러질 정도로 단단하지 않으면 안 된다. 그래야만 그대의 동정은 섬세하고 감미로운 맛을 조성하리라.

그대는 그대의 친구에게 혼탁하지 않은 공기이고, 고독이고, 빵이고, 약재藥材일 수가 있겠는가. 자기 자신의 쇠사슬을 풀어버릴 수 없더라도 친구를 해방시켜 구출할 수 있는 자는 적지 않은 것이다.

14

친구를 가지려고 하면, 그 친구를 위해 전쟁조차 피해서는 안 된다. 그리고 전쟁을 하기 위해서는 남의 적이 될 수 있지 않으면 안 된다. 사람은 자신의 친구까지도 적으로 공격할 수 있어야만 한다.

그대는 그대의 친구에게 너무 접근해서 그에게 예속되지 않고 있을 수가 있겠는가. 친구 가운데서 자기의 최선의 적을 가져야만 한다. 그대가 그에게 적대하는 때야말로 그대의 마음은 그에게 가장 접근하여 있지 않으면 안 된다.

15

우정의 균형— 우리 자신과 다른 어떤 사람과의 관계에서 자기편의 저울 위에 약간 부당한 것을 올려놓으면 우정의 정당한 균형이 잡히는 경우가 흔히 있다.

16

소원疎遠의 증거— 두 사람의 견해가 소원해져 있다는 가장 현저한 증거는, 그들이 서로 야유를 하고 있지만 어느 편에서도 야유라고 생각하지 않는 점이다.

평화를 위한 전투에 임하라!

1

그대가 만나는 가장 나쁜 적은 그대 자신일 것이다. 그대 자신은 동굴 속에 있더라도, 숲 속에 있더라도 그대를 기다리고 있다.

고독한 자여, 그대는 그대 자신에게 가고 있다. 그런데 그 길을 가고 있는 그대는 자신에게 도달하지 못하고, 그대도 모르게 자신을 지나쳐버리고 만다.

2

그대들은 다만 증오해야 할 적만을 가지고 있지 않으면 안 된다. 경멸해야 할 적을 가져서는 안 된다. 그대들은 그대들의 적을 자랑할 수 있지 않으면 안 된다.

그렇게 되면 그대들의 적의 성공이 그대들의 성공이기도 한 것이다.

3

그대들의 눈은 항상 그대들의 적을 찾고 있지 않으면 안 된다. 그대들의 싸움을 하지 않으면 안 된다. 그대들의 사상을 위해, 그리고 만일 그대들의 사상이 패배한다고 해도 그 패배에 대한 그대의 성실성이 승리의 소리를 울리도록 하지 않으면 안 된다.

4

경시하는 동안에는 증오하지 않는다.

증오하는 것은 평등 또는 우월을 인정한 상대에 한한다.

5

나는 그대들에게 노동을 하라고 권하지는 않는다.

전투에 임하라고 권한다.

평화를 바라라고 권하지 않는다.

승리를 바라라고 권한다.

그대들의 노동은 전투이어야 한다.

그대들의 평화는 오직 승리여야 한다.

6

승리의 의욕— 성공은 언제나 승리 곁에만 있는 것이 아니며, 때로는 승리하려고 하는 의욕 속에서도 발견된다.

7

여태까지 아무도 전쟁 무기를 아름답게 만들고자 했던 사람은 없다. 한 나라의 가장 탁월한 장군은 가장 거친 대장장이의 반만큼도 더 잘 생긴 적이 없었다.

8

괴물과 싸우는 자는 자신이 괴물이 되지 않도록 주의하라.

그대가 오래도록 심연을 들어다 볼 때, 심연도 또한 그대를 들여다볼지니.

9

전쟁을 비난해 보면— 그것은 승자를 우둔하게 하고, 패자를 사악하게 만든다.

전쟁을 옹호한다면— 전쟁은 우둔한 무리와 야만적인 무리 덕분에 한층 더 사람을 자연으로 돌아가게 한다.

전쟁은 문화의 수면상태, 또는 겨울에 해당된다.

사람은 누구나 전쟁에서 출발한다. 선에도, 악에도 힘을 더 넣어 거기에서 다시 출발한다.

10

인류가 전쟁을 잊어버렸을 때 사람에게 많은 것을 기대하는 것은 허무한 몽상이며, 아름다운 영혼의 꿈에서나 있는 일이다.

쇠퇴해 가는 모든 민족에 대해서 야영野營의 거친 에너지, 골수에 맺힌 비개인적인 증오, 맑은 양심에서 행해지는 살인의 냉혈성, 적을 전멸시킬 때의 그 공통된 조직화한 작열, 크나큰 상실 앞에 선 모든 존재에 대한 무관심, 육중한 지진과 같은 영혼의 떨림 등을 전쟁은 가져다준다.

전쟁만큼 확실하고 강하게 인간 체험을 확대시켜주는 수단을 나는 알지 못한다. 전쟁의 영향은 모든 자갈을 한꺼번에 굴려 우리의 목초지를 망쳐버리는 것과 같지만, 정신의 톱니바퀴를 새로운 힘으로 회전시킨다.

11

그대들은 말한다. 정당한 이유는 전쟁까지도 정당한 것으로 만드는 것이라고.

나는 그대들에게 말한다. 선의의 전쟁은 모든 이유를 신성하게 만들어주는 것이라고.

전쟁과 용기는 이웃을 사랑하는 일이 한 것보다도 더 많은 위대한 일을 해왔다. 지금까지 위험과 곤란에 빠져 있던 자를 구출한 것은 그대들의 연민이 아니고 용기였다.

12

공격은 나의 본능이다. 적이 될 수 있다는 것, 그리고 적이라는 것— 그것은 필경 강한 천성을 전제로 한다.

13

나의 전술은 네 개의 원리로 요약할 수가 있다.

첫째, 나는 승리감에 넘치는 것들만 공격한다. 사정에 따라서는 그것이 승리감에 넘치는 것이 될 때까지 기다린다.

둘째, 나에게 한 명도 동맹자가 없이 다만 혼자서 대항해야 하고, 나 외에도 누구에게도 위험이 없는 그런 것만 공격한다.

셋째, 나는 결코 개인을 공격하지 않는다. 개인이란 일반적이면서도 붙잡을 수 없는 위기는 명백하게 해주는 확대경으로 사용하는 것에 불과하다. 다비드 스트라우트를 통해 한 권의 낡아빠진 책이 독일이 지식계급에서 얻은 '성공'을, 바그너를 통해 섬세한 것과 풍부한 것, 쇠퇴하는 것과 위대한 것을 혼동하고 있는 우리 '문화'의 허위를 공격했듯이.

넷째, 나는 어떠한 개인적 차이도 배제하고 모든 나쁜 경험의 배경이 없는 것만을 공격한다. 반대로 공격하는 것은 나로서는 호의의 표시이며, 사정에 따라서는 감사의 표시이다.

도덕은 여전히 존재하는가?

1

도덕적 현상이라는 건 존재하지 않는다. 존재하는 것은 다만 현상에 대한 도덕적 해석일 뿐이다.

2

노예 제도의 변혁. 껍데기를 종교적인 것으로 위장한 변장. 도덕에 의한 외형적 변모.

3

도덕의 가면— 각각의 신분을 나타내 주던 가면이, 신분 그 자체의 얼굴로 고정되어버린 시대에서는, 모럴리스트들도 도덕적인 성격의 가면을 절대적인 것으로 보고 그것을 그렇게 그리고 싶은 기분이 될 것이다.

4

누군가에게 행한 부정행위는 도덕적인 이유 때문만이 아니라, 다른 사람이 자기에게 행한 부정보다 훨씬 더 참기 어려운 것이다.

행동하는 자가 항상 고통 받게 마련이다. 부정을 당하는 사람에게는 맑은 양심과 복수에 대한 희망, 공정한 사람들의 격려, 악인을 미워하는 사회 전체의 동정과 지원에 대한 기대가 있다.

5

도덕가들은 자기의 성격이 노출되든 말든 간에, 자기들이 변절자나 스파이들과 구별된다는 것을 알고, 또 자기들이 행동 면에서 얼마나 무력한가를 알기 때문에 모두가 소심하다.

6

회의에 빠진 자들이 도덕을 싫어하는 이유— 도덕가들은 그가 전력을 기울여 이룩해 놓은 일이 남을 경탄하게 하기만을 바랄 뿐, 음미하거나 회의하도록 돼 있는 것은 아니라고 생각한다. 그들도 회의하는 자 이상으로 격정적일 때가 있음에도 불구하고.

7

칸트의 도덕 공식

"그대의 의지에 의해 그대가 행동하는 처세법이 바야흐로 보편적 자연법이 되려 하고 있는 것처럼 행동하라."

8

혼동하지 말아야 할 일— 모럴리스트들은 플루타르코스의 위대하고 순수한 사람들에 대해서 "이곳에 문제가 있다"고 말하지만, 마음이 가난한 사람들은 "여기에 허위와 기만이 있을 뿐"이라고 말한다. 그들은 모럴리스트들이 해명하려고 애쓰고 있는 그것의 존재를 부정하려고 하는 것이다.

9

현대에 가장 두드러지게 나타나는 현상은, 사람이 자신의 눈으로도 믿을 수 없을 만큼 자기의 존엄성을 상실했다는 점이다.

사람은 참으로 오랫동안 삶의 일반적인 중심이었고 비극의 주인공 배역을 맡아왔다. 그래서 그들은 삶의 결정적이고 가치 있는 측면과의 혈연 관계를 증명하려고 애썼다. 이것은 도덕적인 것이 가장 고귀한 가치라고 믿으며, 사람의 존엄성을 확인하려고 노력하는 형이상학자들이 하는 일이다. 신에게서 떨어져 나간 자는 도덕의 믿음에 그만큼 더 집착한다.

10

사람에 대한 기도— 사람에게는 "우리의 덕을 우리에게서 사하여 주옵소서"라고 빌어야 할 것이다.

11

일찍이 그대는 여러 가지 열정을 가지고, 그것을 악이라고 불렀다. 그러나 지금 그대는 그것을 덕이라고 공언해도 좋다. 그것들의 덕은 그대의 열정에서 생겨난 것이기 때문이다.

12

사람이란 극복되어야 할 무엇이다. 그렇다면 그대는 그대의 도덕을 사랑하라. 그대는 그대의 도덕에 의해 몰락될 것이기에.

13

자신의 부도덕을 부끄러워하는 것은 결국 자신의 도덕을 부끄러워하게 되는 제 1단계이다.

14

모든 덕은 다른 덕에 의해 질투를 한다.

질투란 실로 무서운 것이다.

덕도 질투에 의해서 파멸되는 수가 있다.

질투의 화염에 싸인 자는 최후에는 전갈처럼 자기 자신에게 독침을 쏘게 되리라.

15

그대들이 가장 사랑하는 본디의 자아, 이것이 그대들에게는 덕의 목표이다. 반지의 갈망은 그대들의 내부에 있다. 모든 반지는 자기 자신에게 도달하려고 원을 이루며 돌아간다. 그리고 그대들 덕의 모든 것은 사라져가는 별과 비슷하다. 그 별빛은 항상 진행하고 있어서 정지하는 적이 없다.

내가 아닌 것, 그것이 나에게는 신이고 덕이다.

16

나는 가장 나쁜 순간에서도 나 자신을 죄인처럼 느껴본 적이 없다. 내 영혼은 그렇게 천하게 타락한 적이 없기 때문에 나는 마치 어느 누구에게나

고백을 할 필요를 느꼈던 것이다. 이와 같은 느낌에 도달하기 위해선 기필코 가톨릭적 양육과 근친 번식의 산물일 필요가 있으리라.

17

양심의 가책— 양심을 깨무는 일은 개가 돌을 깨무는 일과 마찬가지로 바보짓이다.

18

악이란— 약함으로써 유래되는 모든 것을 말한다.

19

범죄자는 흔히 자기의 행위만큼 성장해 있지 못하다. 그는 행위를 과소평가하고 비방한다.

20

암탉의 주위에 백묵으로 선을 그어 놓으면 암탉은 감금당해서 움직일 수가 없다. 이와 같이 범죄자가 저지른 행위는 그의 불쌍한 이성을 감금시킨다.

진리란 또 하나의 진리에 대한 반항일 뿐이다

1

바다 한복판에서 갈증으로 죽는다는 것은 무서운 일이다. 이제 그대들도 그 갈증을 축이지 못할 정도로 그대들이 진리를 소금에 절일 작정인가.

2

선과 악에서 창조자가 되려는 자는 먼저 모든 가치의 파괴자가 되지 않으면 안 된다.

따라서 최고의 악은 최고의 선에 속한다.

그러므로 최고의 악은 창조적 선이다.

3

진리의 탐구는 여전히 가장 위대한, 또한 유일하게 지각 있는 반항의 형태이다.

4

모든 신념은 거짓말보다 더 위험한 진리의 적이다.

5

진리란 무엇인가. 타성이다. 정신적인 힘의 최소의 소비, 그 외에 만족을 주는 가설 그 자체.

6

진리는 자기와 어깨를 겨루는 신을 원하지 않는다. ―진리에 대한 신앙은 지금까지 믿어 왔던 모든 진리에 대한 회의에서 시작된다.

7

속물들의 필수품― 속물들은 형이상학의 너절한 자비의 의복이나 터번을 절대로 떼어놓지 않으려 한다. 그가 그런 것들만 집어치워도 그토록 우스꽝스럽게 보이지는 않을 텐데.

8

몽상가들의 허위― 거짓말쟁이는 타인에 대하여 진리를 부인하지만, 몽상가는 자기 자신에 대하여 진리를 부인한다.

9

진리의 가치에 대한 척도― 산의 높이 때문에 등산이 어려울 것이라고 예견되는 일은 없다.

그런데 학문에서는 이 원칙이 예외이다. 꽤 견식이 있다고 믿어지는 몇 사람에게서 나는 이런 말을 들었다. 진리의 가치를 정할 수 있는 것은 그것을 구하는데 소용된 괴로움의 양뿐이다. 이처럼 어리석은 모럴은 정신의 경기선수들이나 체조선수들의 모럴인 것이다.

10

거대한 것의 관찰자— 거대한 것이 줄 수 있는 최고의 선물은 관찰자로 하여금 세부에 이르게 하지 않고 전체적인 모습을 보도록 해주는 것이다.

11

반복— 한 가지 일을 다짐하듯이 곧 반복해서 표현하고, 거기에다가 두 발을 마련해주는 것은 좋은 일이다.

한 쪽 다리로 설 수 있는 진리도 있다. 그러나 두 다리를 가지고 있으면 걸어서 돌아다닐 수가 있는 것이다.

12

만약 삶이 우리를 해친다면 어떤 면에서 우리가 '진리'를 해쳤기 때문이다.

우리들이 저지른 과오는 우리를 기다리며 매복해 있다가 마침내 우리를 파멸로 이끌어 가는 것이다.

모든 세대는 진리를 감소시키기 위해 투쟁한다. —단일성으로, 신神이란 관념으로, '정의'로, '사랑'으로, 그리고 '권력'으로 줄이기 위해서. 나의 신은 '권력'이었다.

13

진리는 여전히 붙잡히지 않는다.

하지만 이제 그녀는 더 이상 젊은 처녀가 아니라 앞니가 죄다 빠져버린 늙은 짐승이다.

14

여러 가지 눈이 있다. 스핑크스도 눈을 가졌다. 따라서 여러 가지 진리가 있으며, 따라서 아무 진리도 없다는 것이다.

15

진리란 그것이 존재하지 않으면 어떤 특정한 생물이 존속할 수 없을지도 모른다는 그런 종류의 오류이다.

결국 결정적인 것은 생의 가치이다.

16

인식하는 자가 진리의 물 속에 들어가기를 꺼려하는 것은 그 물이 얕은 경우이지, 진리가 깨끗하지 못한 경우는 아니다.

17

피는 진리에 대한 가장 나쁜 증인이다. 피는 가장 순수한 가르침에도 독을 부어서, 그것을 미망迷妄과 증오로 만들어 버리고 만다.

18

사람들이 진리에게서 바란 것은 진리를 믿는다는 기쁨이었다. 그러나 진리는 고통스럽고 해롭고 불길한 것일지도 모른다.

진리에 도달할 수 있는 방법을 찾을수 있는 것은 권력을 이겨보겠다는 의욕을 가졌을 때뿐이다. 진리는 무엇으로 진리라고 불릴 수 있게 되었는가? 권력을 가졌다는 만족감으로서? 유용성 때문에? 진리가 이익을 가져다준다는 생각 때문에?

진리는 다만 "그것은 전혀 진리가 아니다"라는 말로서만 어렴풋이 알려질 뿐이다.

19

미美— 영웅에게 '미'는 가장 어려운 일이다. 미는 거센 의지로서는 붙잡을 수가 없다. 약간의 과부족過不足, 그것이 미에서는 가장 큰 문제가 된다.

힘을 뺀 근육, 굴레를 벗은 의지로서 일어나는 것. 이것이 숭고한 자들이며, 그게 가장 어려운 일이다.

위력이 부드러워져서 가시可視의 세계로 내려올 때, 그런 겸손을 나는 미라고 부른다.

20

'미'란 그것을 행하는 것만으로는 불충분하며 적극적으로 추구해야 하는 것이다. 그러나 미는 추구해야 하는 것만이 아니라 순수한 맹목 가운데 어떤 호기심도 섞이지 않고 다만 가능하게 되는 것이어야 한다.

완전한 인간을 찾기 위해 불을 밝히는 사람은 이러한 특징에 주의해야 한다.

21

작아질 수 있다는 것— 화초나 어린이와 가까워지려면 그들의 키만큼 작아져야 한다. 모든 선한 것에 관계하고 싶은 자는, 때로는 작아지는 기술을 익혀야 한다.

22

선이란 무엇인가— 그것은 힘[權力]의 감정을, 힘에의 의지를, 힘 그 자체를 사람에게 고양시키는 모든 것을 말한다.

23

선하다는 것은 무엇인가.

그것은 용감하다는 것이다.

그것은 동시에 아름답고 감동적인 것이다.

태풍을 일으키는 것은 가장 나직한 말이다

1

기억력— 기억력이 너무 좋은 바람에 사색을 하지 못하게 된 사람들이 많다.

2

너무 많고 너무 적은 것— 오늘날의 사람에게는 체험하는 일이 너무 많은 대신 그것을 심각하게 생각하는 일은 너무 적다.

3

사색가— 적어도 하루의 3분의 1쯤을, 정열이나, 사람이나 책이 없는 시간으로 메우지 않는다면 어떻게 사색가가 될 수 있겠는가.

4

정신의 눈— 사색하는 자는 평범한 사람과 대화를 나눌 때에도 눈을 감고 생각하는 방법을 알아두어야 한다. 눈을 감는다는 것은 사물을 비교적 명확하게 해줄 뿐더러 의지의 실천이기도 하다.

5

현대의 정신병원에 걸린 금언.

"사고의 필연성은 도덕의 필연성이다." —허버트 스펜서.

"어떤 명제의 진리에서 마지막인 가치 척도는 그 진리에 대한 부정이 고려될 수 없다는 것을 말한다." —허버트 스펜서.

6

사고의 고유성이란 다른 사물에 미치는 작용을 의미한다. 이 이외의 사물을 없는 것으로 간주한다면 사물에의 고유성이란 없는 것이다. 바꿔 말하면 다른 사물이 혼합되지 않은 사물은 있을 수 없다. 즉, 사물 자체는 없는 것이다.

7

사고와 행위와 질서는 하나이다. 따라서 그것은 그 자체로부터, 즉 사건의 상황에서 나와야만 한다. 명령은 어떤 선동 정치가들이 명령과 닮은 어떤 것에도 그 자체로선 굴복하지 않을 사건의 상황을 속이는 그 무엇이다.

8

태풍을 일으키는 것은 가장 나직한 말이다. 비둘기 걸음으로 걸어오는 사상이 세계를 움직인다.

9

시인是認을 위한 작업— 대부분의 사상은 착오가 아니면 환상에 의해서 발생된 것이지만, 사람이 나중에 참다운 기초를 마련해 주었기 때문에 진리가 되어버린 것이다.

10

아아, 이 세상에는 풀무 이상의 구실을 못하는 대사상이 얼마나 많은가. 그것은 사물을 불어서 부풀게 하고, 그 내부를 더욱 텅 비게 한다.

11

사물 자체란 배리이다. 내가 어떤 사물이 가진 모든 관계, 고유성, 활동성을 부인하면 그 사물은 남아 있을 수 없게 된다. 그 까닭은 사물의 존재성은 논리적 요구에서, 표시나 이해를 목적으로서 그 다양한 모든 관계와 고유성과 활동성을 결합하기 위해서 먼저 우리들이 가상하고 첨가한 것이기 때문이다.

12

인식의 모든 장치는 어떤 형식의 추상화, 단순화의 장치이며, 그것이 지향하는 바는 인식이 아니라 사물의 자기 소유화이다.

목적과 수단은 개념과 같이 여간해서는 존재의 본질에 어긋나지 않는다. 목적과 수단으로서 내 것이 된다는 것은 날조된 과정에 불과하지만, 개념으로서 내 것이 된다는 것은 이 과정을 이루고 있는 사물인 것이다.

13

우리들의 인식 작용이 생의 보존에 충분할 만큼을 넘어선다는 것은 있을 수 없는 일이다. 형태학이 우리에게 제시하는 것은 감각 기관과 신경과 뇌수가 영양의 곤란과 비례해서 발달한다는 사실이다.

14

눈먼 자의 맹목과 그의 탐구와 모색은 역시 그가 본 태양의 힘에 의하여 증명되어야 한다.

인식하는 자는 산山들을 가지고 건축하는 것을 배울 필요가 있다.

정신이 산을 움직인다는 것만으로는 아직 부족하다.

15

인식의 성자聖者가 되지는 못할지라도, 그대들은 최소한 인식의 전사戰士가 되라. 전사는 그런 성자들의 반려이며 선구자이다.

16

수수께끼 같은 충고— 끈이 끊어지지 않게 하려면 우선 그것을 깨물어야 한다.

17

세 종류의 사상가— 온천에는 힘차게 솟아오르는 것, 유유하게 흘러나 오는 것, 그리고 방울방울 솟아나오는 게 있다.

사상가에게도 이와 똑 같은 세 가지 유형이 있다. 미숙한 사람들은 그것을 물줄기의 크기로 평가하지만, 현명한 사람들은 물 속에 녹아 있는 물질로 평가한다.

18

거미와 같은 세 사람의 사상가— 어떤 철학의 종파에도 다음과 같은 세 사람의 사상가가 차례차례 나타나게 된다.

첫째 사람은 태어날 때부터 줄과 종자를 낳으며, 둘째 사람은 그것에서 실을 짜내어 교묘하게 그물을 만든다. 셋째 사람은 그 그물 속에 몸을 감추고 있다가 거기에 걸려드는 제물을 기다린다. 그리고 철학의 이빨로 먹어치우려고 하는 것이다.

19

정신의 자유에 대한 언어의 위험. 어떤 것이든 언어는 하나의 편견이다.

20

철학자들 간의 싸움은 벽돌 쌓는 두 직공 사이에서 일어나는 철학적 주장만큼이나 진지하게 다루어져야 할 게다.

21

가장 고귀한 덕— 비교적 고귀한 사람 정신의 제1기에서는 용기가 가장 높은 덕으로 보이고, 제2기에서는 정의가, 제3기에는 절제, 제4기에는 지혜가 그렇게 보인다.

우리는 이 가운데 어떤 시기에 살고 있는 것일까.

22

인식과 관조— 그대의 인식과 관조가 푸줏간 앞에 엎드려 있는 개처럼 되지 않도록 하라.

공포는 개 때문에 앞으로 나아갈 수도 없고, 욕망 때문에 후퇴할 수도 없는 그런 궁지에서 눈을 마치 입인 양 딱 벌리고 있다.

23

철학자에게 부족한 것들.

1 역사적 감각, 2 생리학의 지식, 3 미래를 향한 목표. 그리고 온갖 아이러니와 도덕적 단죄 없이 비판할 수 있는 인내심.

24

악마의 변호사— 도덕성의 모든 것을 동정심으로 풀이하고 지성의 모든 것을 고립으로 풀이하는 종류의 철학에서는 "사람은 자기에게 닥쳐온 화에 의해서만 현명해지며, 남에게 닥쳐온 불행을 통해서만 선량해진다" 고 말한다.

그리하여 그 철학은 자기도 모르는 사이에 악마의 변호사가 되고 만 것이다.

25

논쟁論爭— 자기의 사상을 살얼음판 위에 올려놓을 줄 모르는 사람은 불꽃 튀기는 논쟁에 뛰어들어서는 안 된다.

26

침묵— 논쟁할 때, 양 편에 가장 불쾌한 태도는 속으로는 화를 내면서 침묵을 지키는 일이다. 공박하는 측에서는 침묵을 보통 모멸侮蔑로 해석하기 때문이다.

27

쇼펜하우어의 철학은 언제나 우울한 청년의 반영이다. 또 플라톤의 철학은 30대 중반을 생각하게 한다.

그것은 언제나 찬 기류와 뜨거운 기류가 거칠게 부딪치는 연령, 그 때문에 먼지나 엷은 구름이 생기는 연령, 혹은 매혹적인 무지개가 걸리는 연령이다.

28

나는 꼭 고독이 필요하다.

회복과 자기에의 복귀, 그리고 자유롭고 가볍게 놀 수 있는 공기의 호흡이 필요한 것이다.

29

산 속 방랑자의 독백— 나는 확실히 높이 올라왔고 많은 것을 경험하였고 더 멀리 볼 수 있게 되었다. 그러나 내 길은 이제부터 더 한층 고독한 것이 될 것이다.

30

식인종의 나라에서— 고독한 자는 고독 속에 있을 때 그 자신을 먹어치우고, 대중 속에 있을 때는 대중이 그를 먹어 치운다.

자, 어느 쪽이든 택해 보라.

31

여름엔 나는 쉽사리 불쾌해지지만 대부분의 사람들이 흡사 막 얼어붙으려고 하는 것처럼 보이는 겨울엔 마음이 완벽하게 편안해진다.

확실히 나의 고독이란 망토는 가장 심한 폭설도, 가장 지독한 혹한도, 북극의 뼛속까지 파고드는 굉장한 바람도 막아내는 내항력이 있음에 틀림없다.

32

탁월한 영혼의 특징— 탁월한 영혼이란 가장 높이 날 수 있는 것이 아니라 거의 상승이나 하강은 하지 않으면서도 언제나 자유롭고 투명한 공기 가운데서 살고 있는 것이다.

33

가장 가까운 길은 직선이 아니다.

바람이 우리의 돛대를 팽팽하게 해주는 그런 길이다.

34

아아. 사람들이여.

돌 속에 하나의 상像이 잠자고 있다.

내가 상상으로 그리는 상 속의 상이.

아아, 그것이 가장 강한,

가장 보기 흉한 돌 속에

잠자고 있지 않으면 안 되다니.

35

무서운 것은 정상이 아니다.

비탈이다.

비탈에서는 시선이 아래로 던져지고

손은 위를 향해서 무엇을 쥔다.

이때 마음은 두 겹의 의지 때문에

현기증을 일으킨다.

나의 시선은 높은 곳에 던져지고

나의 손은 심연에 의지하려는 것,

이것이 나의 비탈이며,

나의 위험이다!

36

나의 시대에는 나처럼 사유하는 사람이 있으리라곤 기대하지 않는다. 혹은 나와 같은 특이한 양식의 저술이나 사상에 어울리는 조국을 발견하리라는 기대도 없다.

그러나 의사가 내 곁을 지날 때, 내 맥을 짚어 보려고 손을 뻗치고선 저 의미 없는 웃음— 그의 백치 같은 미소를 흘리리라는 걸 확신하는 것과 똑같이 오늘의 학자나 미래의 학자들은 모두 한결같이 동일한 종말, 나의 종말—에 이르게 되리라는 걸 나는 확신한다.

37

사치스런 철학자— 작은 뜰 한 조각과 몇 그루의 무화과나무, 약간의 치즈, 그리고 서너 명의 친구들. 이것이 에피쿠로스의 사치였다.

38

나는 슈만처럼 숨쉬고 쇼펜하우어처럼 사유하며 플라톤처럼 쓰려고 애써왔다.

39

소크라테스의 경우— 사람은 어떤 분야에서 대가가 되면 그 때문에 흔히 다른 분야에는 완전히 백지 상태이다.

그러나 사람들은 이와 정반대의 판단을 내린다. 소크라테스는 이미 그것을 경험했다. 어쨌든 이것이 대가들과의 교제를 불쾌하게 하는 딱한 사정이다.

40

볼테르는 프랑스가 지적 자유로 가득 찬 영국의 공기를 오랫동안 깊이 들이마실 수 있도록 했다.

41

세 개의 세기. 그 각자의 감수성이 이렇게 표현된다.

귀족주의— 데카르트, 이성의 군림, 의지에 주도권을 잡힌 일의 증거.

페시미즘— 루소, 감정의 지배, 관능에 주도권을 잡힌 일의 증거. 거짓되다.

동물주의— 쇼펜하우어, 욕망의 지배, 동물성에 주도권을 잡힌 일의 증거. 사실적이지만 어둡다.

42

헤겔. 온갖 속인들이 그를 받아들이는 까닭은 전쟁과 위인들에 대한 그의 가르침 때문이었다. 그는 정의가 항상 승리자의 편에 있다고 가르쳤다. 승리자는 진보를 가져오기 때문이라고 설명한다. 이것은 역사에서 도덕의 지배를 증명해 보려는 시도이다.

칸트. 우리들로부터는 격리되어 있으며, 들여다 볼 수 없으나 현실적인 도덕적 가치의 왕국이 그 안에 전개된다. 우리들은 칸트적 수법이나 헤겔적 수법에도 결코 속아 넘어가지 않는다. 우리들은 이미 오래 전부터 그들처럼 천진하게 도덕을 믿을 수가 없었으며, 그에 따라 도덕이 권리를 소유하기 위해서 필요로 하는 어떠한 철학도 그 싹을 잘라내지 않으면 안 된다.

이 점에서 비판주의도 역사주의도 우리에게 매력을 느낄 수가 없다.

그러면 대체 그 매력이란 무엇인가.

43

인간적인, 너무나 인간적인 것으로 정통해 있는 쇼펜하우어의 위대한 견식과, 그의 본능적인 사실 감각은 그의 다채로운 형이상학에 의해 적지 않게 훼손되고 있다.

쇼펜하우어는 적절한 구별을 해두었는데, 우리의 안목으로는 본디 그가 인정할 수 있었던 것보다 더 많은 정당성을 발견할 수 있을 것이다.

그는 "사람의 여러 가지 행동에 대한 엄격한 필연성에 의해 통찰이 철학적인 두뇌를 다른 두뇌로부터 구별하는 경계선이다"라는 말을 하고 있다.

예술과 삶, 이 두 공허한 꿈

1

아폴로적인 예술과 디오니소스적인 삶—이 두 공허한 꿈—은 어떤 개인을 위해서가 아니라 공동체를 위한 하나의 이상理想을 형성한다. 이 둘의 비교적 가치에 너무 깊이 천착하려고 애쓴다면 그건 착오이다.

왜냐하면 이 둘의 가치는 서로 비교할 수 있는 것이 아니고 어느 종족이나 국가의 발전에서 저마다 똑같은 중요성을 지니고 있기 때문이다.

이 디오니소스적인 것은—그의 에너지에 관해서 오로지 아폴로적인 표현으로만 가능하다—만약에 이 같은 이해의 편린이나마 좀더 일찍 그에게 떠올랐던들 훨씬 더 평화적인 삶의 방식으로 낙착되었으리라.

2

모든 예술가는 그를 이해하는 소수의 사람에게 속하는 즐거운 유산이다.

예술가는 그의 관객을 위해 태어나며 그의 관객은 또한 예술가를 위해 태어난다. 천상의 눈으로 본다면 그들은 서로가 동등하다.

나는 어리석은 군중의 숭배는 포함시키지 않는다. 그것은 가짜 예술가와 예술 애호가에 의해 좌우되는 군중의 조소 못지않게 불쾌하고 무익한 것이다.

3

자신의 예술로 "그 시대의 가장 뛰어난 사람을 만족시켰다"는 것은 그 예술이 다음 세대의 가장 뛰어난 사람들을 만족시키는 일은 결코 없다는 증거이다.

그 예술가가 이미 살아버렸으니까.

4

시인은 자기의 체험에 대해 부끄러움을 모른다.

그는 그것을 있는 대로 착취한다.

5

시인은 아마 바다에서 생긴 조개껍데기에 불과한 것이리라. 물론 시인의 내부에서 진주를 발견해낼 수도 있다. 그러므로 시인 자신은 더욱더 껍데기가 단단한 패류貝類와 비슷하다.

그리고 영혼 대신에 나는 종종 그들 속에서 소금물에 젖은 점액을 발견한다. 그는 또 바다에서 허영심까지 배웠다.

바다는 공작 중의 공작이 아니겠는가. 바다는 가장 추한 물소에게도 꼬리를 펴 보인다. 바다는 은과 명주의 레이스로 된 자신의 꼬리에 싫증을 내는 일이 없다.

그 영혼이 모래에 가깝고 숲에는 더욱 가깝고, 그리고 늪과 아주 친근한 물소는 거만하게 바다를 쳐다본다.

물소에게 아름다움이 무슨 소용이 있겠는가. 바다가, 그리고 공작의 꼬리가 무슨 소용이 있겠는가.

나는 이 비유를 시인에게 주고 싶다. 진실로 시인의 정신 자체는 공작 중의 공작이며, 허영의 바다이다.

6

시인은 장군이나, 뱃사공, 견직공과 같은 인물을 묘사할 때, 자기가 마치 그 직업의 밑바닥에까지 통달한 것처럼 행세한다. 그런 속임수도 풋내기에게는 훌륭하게 통한다.

이런 성공이 계속되어감에 따라 시인은 자기가 세계의 모든 사물에 통달해 있다는 망상에 빠지고 만다.

이러한 시인의 꿈은, 사람에게 가치 있게 보이는 것일수록 더욱 진실하고 현실적인 것으로 보이도록 만들었다.

7

시인의 사상— 참다운 시인들에게 참다운 사상이란 이집트의 귀부인들이 쓰던 베일처럼 너울거린다. 그리하여 사상의 깊숙한 눈동자만이 밖을 향하여 쏘아보고 있다.

그런데도 시인의 사상은 보편화될 만큼 중요하거나 가치 있는 것은 아니다. 물론 이때에 사람들은 자기 호기심에 대한 대금까지 지불하고 가는 것은 당연하다.

8

감각의 소재— 대중이 그림에 대해 생각할 경우에는 시인이 되며, 시인에 대해 생각할 때에는 비평가가 된다.

예술가가 대중에게 호소하고 있을 때, 언제나 그들에게는 감각이 부재 중인 것이다.

9

미래를 위한 길잡이로서의 시인— 생활 조건을 위해 충분히 쓰고도 남을 만한 시심詩心이 존재한다면 그 힘은 모조리 하나의 목표를 향해 던져져야 할 것이다. 그것이 해야 할 일은 현재의 묘사나 과거의 정리, 재현과 같은 것이 아니고 미래를 위한 길잡이여야 한다.

시신詩神들은 지금까지 예술가들을 아름다운 신의 모습으로 재현시키기 위해 애써온 것처럼, 아름다운 인간상을 창조하는 작업에 온 힘을 기울여야 할 것이다.

괴테의 시에서는 이와 같은 미래의 길잡이를 몇 가지 발견할 수 있다. 그러나 필요한 것은, 반인반수도 아니며 근육이나 자연과 뒤바뀐 미숙함, 방종을 겁도 없이 그려내고 있는 시인들이 아니라, 훌륭한 개척자이며 그보다 더 큰 힘인 것이다.

10

침묵— 자기의 작품이 말을 시작했을 때 작가는 입을 다물어야 한다.

11

슬픈 작가와 괴로운 작가— 자기가 지금 괴로워하고 있는 것을 쓰는 작가는 슬픈 작가이다. 그러나 그가 과거에 무엇을 괴로워했는가, 그래서 지금은 어째서 기쁨 속에서 휴식을 취하고 있는가를 쓰는 작가는 진지한 작가이다.

12

엄숙한 냉기— 예술가들처럼 정신적으로 연약한 사람들은 과학의 세계에 감돌고 있는 가장 엄숙한 점, 엄숙한 냉기 때문에 과학을 두려워한다.

13

과학자가 예술가보다 고귀한 이유— 과학은 예술보다도 훨씬 고귀한 천성을 지닌 사람을 요구한다.

그들은 단순하고 야심을 모르고 소극적이고 조용하고 죽은 다음의 명성에 마음을 쓰지 않으며, 모든 것을 무릅쓰고 일에 몰두하는 사람이어야 한다.

14

태양의 나라 이탈리아에서 발견할 수 있는 온갖 그림에서보다 오히려 (안개 자욱하고 음울한 나라에서 그려진) 영국의 풍경화파의 그림 속에 훨씬 많은 햇빛이 있다는 것은 이상한 일이지만 그래도 역시 그건 진실이다.

이탈리아의 그림에서 언제나 태양을 배제해 온 것은 아마도 이성의 추리로부터 모든 이성을 억제해 온 것에 책임이 있을 것이다.

15

나는 연극 같은 것엔 그렇게 많은 관심을 쏟지 않는다. 혹은 소도시의 뒤뜰을 장식하는 류類의 더 저급한 형태인 어떤 것에 관해서도, 좋건 나쁘건 연주회는 개인적인 운명의 불꽃을 응시하기 위해 이끌려가는 하나의 거대한 횃불이다.

그들은 다른 사람들의 불운을 보고 웃거나 울거나 한다. 그러나 그들이 화를 낼 때는 오로지 그들 자신 때문에 그러는 것이다. (순전히 개인적인 매력으로 나를 끌어당긴다. 저 연예계는 남자와 여자, 그리고 아이들이 다같이)

16

바그너에 대해 내가 취한 태도가 아무리 옳았다 하더라도 내가 그의 작품에 대한 요구를 우리 시대의 몸부림치는 문화의 요구와 혼동한 것은 내 잘못이었다.

어차피 음악이 문화와 더불어 무얼 할 수 있단 말인가.

17

비평과 기쁨— 일방적이고 부당한 것이든, 보편적이고 타당한 것이든, 비평은 그것을 하는 사람에게 커다란 기쁨을 주는 것이기 때문에 세상 사람들은 비평의 재료를 제공해 주는 사람에게 감사할 필요가 있다.

기쁨의 신은 선이 창조된 것과 똑같은 이유로 악과 평범함을 창조했던 것이다.

18

한 번은 산책 중에 라비츠키가 내가 쓴 것 중에서 가장 좋아하는 내 저서가 무엇이냐고 물었다.

나는 전혀 확신은 없지만 아마도 아직 쓰지 않은 책 가운데 하나일 것이 틀림없다고 그에게 말해줬다.

나는 아직 태어나지 않은 일체의 것에 그렇게도 마음이 끌린다.

대체 창조할 무엇이 아직도 남아 있단 말인가

1

결심— 출생과 세례를 동시에 받는 것 같은 그런 책은 읽지 말 것.

2

쓰인 모든 것들 가운데서

나는 다만 피로 씌어진 것만을 사랑한다.

피를 찍어서 써라.

그러면 그대는 알게 되리라.

피가 곧 정신이라는 것을.

3

겟세마네 동산에서— 사색하는 사람이 예술가에게 던질 수 있는 가장 통렬한 말을 들어보자.

너희가 나와 함께 잠시도 이렇게 깨어 있을 수 없더냐?

4

창조하는 유희를 위해서는 '그렇다'는 성스러운 말이 필요하다. 그때 정신은 자아의 의지에 따라 움직인다.

그리고 그때 세계에서 길 잃은 자는 자아의 세계를 정복한다.

5

한 사람의 의지는 다른 사람에 대한 명령이다.

의지가 없는 곳엔 무질서도 없다.

무질서는 온갖 창조 행위에 앞서 있는 것이다.

6

가치의 변화, 그것은 창조하는 자들의 변화이다. 창조자가 되지 않고는 견딜 수 없는 자는 항상 모든 것을 무너뜨린다.

7

깊은 사랑을 하는 자는 경멸함으로써 창조하려 한다. 사랑의 대상을 경멸한 경험이 없는 자가 사랑에 관해서 무엇을 알겠는가.

그대의 사랑과 그대의 창조의 힘을 가지고, 그대의 고독 속으로 가라.

나의 형제여, 이윽고 시간이 흐르면, 정의는 발을 절룩거리며 그대를 따라 가리라.

8

신은 하나의 억측이다. 그러나 나는 바란다.

그대들의 억측이 그대들이 창조하는 의지를 뛰어넘어 앞서 달리는 일이 없도록.

그대들은 하나의 신을 '창조'할 수 있다고 생각하는가?

모든 신에 대해서는 입을 다물도록 하라.

신과 신들에게서 떨어지라고 나를 유인한 것은 창조적인 의지였다.

대체 강조할 무엇이 남아 있단 말인가.

만일 신들이 존재하고 있다면.

9

한때 나는 신이란 예술가인양 행세하는 인간에 지나지 않는 것이라고 암시함으로써 신과 예술가를 화해시키려고 애쓴 적이 있다.

그렇다면 무슨 자부심으로 우리는 외관상 우리 자신의 유기체적 기능을 감소시킴 없이 신을 사랑할 권리를 참칭한단 말인가?

우리들에게서 한결 아득한 위치에 있는 창조가들이 설사를 할 필요가 있음을 발견했을지도 모른다는 생각은 르네상스 이전까지는 없었다. 마침내 우리는 천상의 그림 속에서 다른 사람 머리 꼭대기 위로 배뇨排尿하고 있는 천사의 무리로 된 장관을 발견하게 되었던 것이다.

10

진정한 시인에게 비유는 수사적인 형용이 아니라, 개념을 대신하는 눈앞에 떠 있는 대리적 형상代理的 形象이다.

그에게 성격이란 대개 개개의 특징을 끌어 모아서 구성한 전체가 아니라, 오히려 눈앞에서 추근추근하게도 생생하게 움직이고 있는 인물이다.

이 인물이 화가의 머리 속에 있는 인물과 다른 점은 다만 그것이 끊임없이 살아가고 행동한다는 점이다.

11

아니다. —고장이 난 것은 세계가 아니라 바로 나, 이 위대한 연인, 자연을 사랑하는 자인 나이다.— 그리고 이 나란 사람은 그와 똑같이 행동하게 될 인공적인 행위를 발견하지 않는 한 결코 자연스런 일을 해 본적도 없는 것이다.

그 증거로, 이를 테면— 나는 살지 않고 쓴단 말이다.

12

독창성— 새로운 것을 처음 대하는 것이 아니라 오래된 것, 낯익은 것을 새로운 것으로 보는 것이 독창적인 두뇌의 특징이다.

13

표절의 천재— 지난날의 거장들이 남긴 걸작들은 법률로부터 소외되고, 소수의 지식인들이 바치고 있는 사랑으로 연명할 뿐이다.

부끄러워 할 줄 모르는 천재들은 이들 소수의 지식인들을 무시하고 자신의 재산을 쌓아 가는데, 이것 역시 사랑을 받게 되고 만다.

14

숨 가쁜 영웅들— 감정의 천식을 앓고 있는 예술가는 그의 작품에 나오는 주인공을 숨 가쁘게 만든다.

그들은 가볍게 숨쉰다는 것을 모르기 때문이다.

15

걸음걸이에 주의한다는 것— 문장의 걸음걸이에는 저자가 얼마나 지쳐 있는가가 나타나 있다.

16

문장의 스타일과 대화의 스타일— 문장을 쓰는 자에게는 대화하는 자의 표현 방법인 몸짓과 악센트, 목소리의 조절, 눈초리 등을 대체할 수 있는 수단이 필요하다.

문장은 대화보다 적은 재료를 쓰고도 알기 쉬운 것으로 만드는 것이기 때문이다.

17

가장 좋은 문체에 관한 견해— 이미 온갖 걱정을 극복하고, 마음으로 감동할 줄 알며, 기쁨을 느낄 만한 정신을 지닌 자의 밝고 솔직한 인간의 기분을 표현한 것이다.

18

간결함에 대한 비난— 무엇인가가 간결하게 표현되어 있다는 것은 오랜 동안에 걸친 깊은 사색의 성과일 수도 있다.

그러나 이 분야에 대해서 익숙하지 못하고 아직 고찰해 보지 못한 독자들은 간결하게 이야기된 것 가운데서 아직 미숙함을 찾아냈다고 생각하여 비난의 눈초리를 보내기도 한다.

19

예술이 자기편을 만드는 일— 두세 군데의 아름다운 곳과 전체적인 흐름의 감동, 그리고 매혹적인 결말을 지닐 수만 있다면, 예술 작품의 일반 독자들은 친밀감을 느끼게 마련이다.

예술의 유지를 위해 자기편을 만들려고 하는 시대의 예술에는 이 이상의 것을 보태지 않아도 좋을 것이다.

20

지나치게 접근하지 말 것— 훌륭한 착상이라 할지라도 그것이 지나치게 빠르게, 연속적으로 떠오를 때는 마이너스가 되고 만다.

착상과 착상 사이에 서로 살펴볼 여유가 끼어들지 못하기 때문이다.

가장 위대한 예술가들은 언제나 평범한 것을 풍부하게 사용하고 있었던 것이다.

21

빵과 같은 것— 빵은 다른 음식물을 독특한 맛으로 중화시켜 그것을 소멸시켜 버린다. 그래서 비교적 오랜 시간이 걸리는 경우에는 언제나 빵이 빠질 수 없다.

예술 작품에도 그 안에서 여러 가지 작용을 할 수 있도록 빵과 같은 것이 마련되어야 한다.

22

4분의 3— 작품이 건강한 인상을 주려면 작가는 적어도 자기의 역량을 4분의 3쯤 기울였어야 한다. 작가가 그의 온 정력과 역량을 쏟으면 그것은 보는 사람을 흥분케 하고 팽팽한 긴장감으로 불안하게 한다.

뛰어난 작품들은 모두 풀밭에 누워 있는 암소처럼 여유를 지니고 있다.

23

학자든 예술가든 자기의 작품을 두고 권태를 느끼지 못하는 사람이라면 일류는 못된다.

사색가이기도 한 어떤 풍자가가 있다고 가정한다면, 그의 입에서는 이런 말이 튀어 나올 것이다.

"신에게는 권태에 빠질 만한 용기가 없다. 신은 모든 사물에서 재미만을 찾기 때문에 실제로 모든 사물을 재미있게 만들어 버리고 만다."

24

꿈— 꿈은 우리들의 체험이나 기대 같은 것을 시인과 같은 대담성과 명확성으로 나타내는 것이기 때문에, 아침에 우리들이 자신의 꿈을 더듬어볼 때 우리는 자기 자신에게 경탄하지 않을 수 없다.

우리는 꿈속에서 예술적인 것을 너무 낭비해 버린다. 그래서 낮에는 우리들에게 예술적인 것이 너무나 부족하게 마련이다.

25

조감도鳥瞰圖— 개울물이 여러 방향에서 모여들어 맹렬한 기세로 깊은 계곡을 향해 돌진한다. 그것을 확실하게 파악할 수 있는 위치는 새가 날아오르는 그 높이뿐이다.

이러한 조감도는 예술의 임의적인 성격이 아니라 확실하고도 유일한 가능성인 것이다.

26

배고픈 손님— 배가 고픈 손님에게는 아무리 훌륭한 식사라도 배를 채우는 것 이상의 가치를 갖지 못한다.

까다로운 예술가라면 자기 식탁에 결코 배고픈 사람을 초대하지는 않을 것이다.

27

최악의 독자들— 약탈하는 병사와 같은 말투로 지껄이는 사람들이 최악의 독자이다.

그들은 필요한 것만 몇 가지 골라내고 나서 나머지를 마구 짓밟아 전체를 모독한다.

28

주의— 철저한 지식을 갖추지 못한 사람은 독일에서 책을 내지 않도록 주의해야 한다.

선량한 독일인들은 그런 경우에 '배움이 적다'고 하지 않고 '애매한 성격'의 소유자라고 하는 까닭이다. 이러한 성급한 결론을 내리는 성격이 독일인들에게 모든 명예를 가져다주고 있다.

29

덕은 독일인의 발명품이 아니다.— 괴테의 기품과 공정, 베토벤의 은자와 같은 고결한 체념, 모차르트의 우아한 심정, 헨델의 강인함과 규범에 매이지 않는 자유로움, 바흐의 영광과 성공, 단념할 필요가 없는 밝은 내면생활.

이것은 독일인의 특성이 아니라 노력해야 할 목표이며, 그 가능성인 것이다.

30

독일의 산문— 현존하는 문화국민 가운데 독일 국민만큼 조잡한 산문을 가진 국민은 없다. 재주 있고 자유분방한 프랑스 국민들이 독일에는 산문 같은 것은 없다고 말하더라도 화를 내서는 안 된다.

이 말에는 우리가 그것을 있는 그대로 받아들이기에는 너무나 고귀하고 과분한 아첨이 포함되어 있기 때문이다. 즉 "독일인은 즉흥적인 산문밖에는 쓸 줄 모른다"는 결론인 것이다.

내가 본 음악가와 작가

1

오늘날의 음악— 튼튼한 허파와 위장을 지녔으면서도 신경이 쇠약해빠진 근대적인 음악은 언제나 우선 자기 자신을 두려워하고 있다.

2

음악의 친구— 결국 우리가 음악을 사랑하고, 앞으로도 계속 사랑할 수밖에 없는 것과 마찬가지다. 그 어느 것도 태양 때문에 변한 것 같지는 않다.

그런데도 이 두 가지를 희롱해도 좋단 말인가. 경우에 따라서는 그래도 좋을 것이다.

달 속의 남자나 음악 속의 여인에 대해서는!

3

음악의 연주— 지휘자나 연주자가 작곡가의 원리에다 해석을 덧붙인다는 일이 의미하는 것은 무엇일까?

4

서창敍唱— 예전에 서창은 메말라 있었다. 오늘날의 우리들은 '습기 찬 서창' 시대에 있다. 즉 서창은 물 속에 떨어져 물결이 그것을 제멋대로의 방향으로 흘려보내는 시대이다.

5

오페라— 오페라 음악은 우리들의 귀가 있어야 할 자리에 눈을 달라고 요구한다.

이것은 음악을 관장하는 뮤즈 에우테르페를 폭행하는 짓이다.

6

오페라 가수— 거지가 노래를 부르고 있는 것은 아마 그가 애처롭게 우는 방법을 모르기 때문일 것이다.

이것은 당연한 일이다. 그러나 노래를 할 줄 모르기 때문에 울고 있는 우리의 오페라 가수들은 어떻게 된 셈인가.

7

슈만— 독일이나 프랑스 낭만주의 서정시인들이 꿈꾼 '청년'이 슈만의 노래와 음악 속에서 부활하였다. 스스로 힘의 충만을 느끼고 있었던 한 영원한 청년인 그에게서.

그러나 그의 음악 속에서 영원한 '노처녀'를 연상시키는 점이 있다는 것도 부정할 수 없다.

8

헨델— 그 악상樂想의 독창적인 면에서 대담하고, 혁신적이고, 성실하고, 힘차고, 또한 '민족'이 가질 수 있는 '영웅'에 속했던 헨델.

작품의 완성 단계에 이르면, 종종 자위와 정열을 잃을 뿐만 아니라 자기 자신에게 싫증을 느끼기까지 했다. 이미 시험이 끝난 두세 가지의 방법을 사용하여 주제를 전개시키고, 신속하게 대량으로 작곡하여 그 완성을 기뻐했다. 그러나 그것은 신이나 다른 창조자들이 그들의 일을 끝낸 날 저녁에 맛보던 그런 기쁨은 아니었다.

9

하이든— 그는 한 사람의 선량한 사람과 결합할 수 있는 천재성을 갖고 있었다. 그는 도덕성이 지성에 대하여 그어둔 한계까지 갔다.

그리하여 그가 만드는 음악은 언제나 과거가 없는 음악이었다.

10

베토벤과 모차르트— 베토벤의 음악은 때때로, 이미 잃어버린 것이라고 생각하고 있었던 '음악 속의 순수'를 뜻밖에 다시 듣게 되었을 때의 깊은 감동을 준다. 그것은 음악에 대한 음악이다. 즉 그는 여기저기 하나하나의 악음樂音이나 짧은 악구樂句를 재빨리 잡아, 꿀벌처럼 선율을 모아온다. 그것들은 그에게는 '더 좋은 세상'에서 얻어질 수 있는 수많은 신들의 '추억'인 것이다.

모차르트는 그의 멜로디에 대해 이것과는 전혀 다른 관계에 있다. 그가 영감을 얻는 것은 음악을 들을 때가 아니라, 삶을, 더욱이 가장 약동적인 남국의 삶을 볼 때이다. 그는 독일에 있으면서도 언제나 이탈리아를 꿈꾸고 있었다.

11

요한 세바스찬 바흐— 바흐에게는 어떤 '위대한' 것이 생성 중이라는 것과, 그것이 아직은 존재하고 있지는 않는 느낌이 든다. 그 위대한 것이란 우리들의 위대한 '근대 음악'이다(그것은 교회와 국민과 대위법을 극복함으로써 이미 세계를 극복하고 있다).

하지만 바흐에게도 아직 많은 미숙한 그리스도 정신과 독일 정신, 스콜라 철학이 있다. 그는 유럽 근대 음악의 입구에 서 있기는 하지만, 그곳에서 중세 쪽을 뒤돌아보고 있다.

12

쇼팽의 뱃노래— 사람이 살아가느라고 떠들썩하고 불결하고 짜증스러운 곳에도 언제나 지복의 순간은 있는 법이다.

쇼팽은 이것을 '뱃노래'라는 훌륭한 음악으로 들려주었다. 신들조차도 이 음악을 들으면 긴 여름밤에 반드시 작은 배에 몸을 눕히고 싶어 할 것이다.

13

멘델스존— 그의 음악은 지금까지 존재했던 것 가운데 가장 좁은 취미의 음악이다. 그것은 언제나 자신의 배후를 가리키고 있다.

어떻게 그것이 많은 전망이나 미래를 지닐 수 있을까. 그러나 그는 도대체 미래를 갖기를 원하거나 했을까? 그는 예술가들에게는 보기 드문, 솔직한 감사의 덕을 지니고 있었다.

그리고 이 덕도 언제나 자기의 배후를 지시하는 덕인 것이다.

14

슈베르트— 다른 음악가들이 기교가 부족한 것처럼 보이게 만드는 슈베르트는 모든 음악가들 가운데서 가장 많은 유산을 가지고 있었다. 그는 그것을 선뜻, 그리고 친절하게 남에게 내주었다.

그 때문에 음악가들은 앞으로 200년 혹은 300년 동안은 그의 악상이나 착상을 먹고 살아갈 수 있으리라.

그의 작품은 우리에게 아직도 못다 써버린 독창獨創의 보고寶庫이다.

15

바그너— '트리스탄'과 같은 위험한 매혹의 힘을 가졌으면서 전율적이고 아름다운 무한성을 지닌 작품을 나는 오늘날까지 만나 본 일이 없다. 예술의 전 영역에서도.

레오나르드 다 빈치의 저 기괴한 마성까지도, 트리스탄의 최초의 음으로 모두 아무것도 아닌 것이 되어버린다. 트리스탄이야말로 바그너 최고의 걸작이다.

그 후 바그너는 '마이스터징거'나 '니벨룽겐의 반지'를 만들면서 휴양을 한 것이다. 건강하게 된다는 것, 이것이 바그너와 같은 사람에게는 하나의 퇴보인데.

16

괴테의 착각— 자기 자신의 현실적인 재능에 대한 고독한 신념을 가지고 살지 못했다는 점에서 괴테는 모든 거장들 가운데서도 가장 위대한 예외이다.

그가 거부한 것은 그의 재능이 그 자신과 세상 전반에 대해서 본질적,

특징적, 절대적, 궁극적인 것에 틀림없다는, '자기의 재능에 대한 고정관념'이다.

자기는 현실에 있는 것보다도 훨씬 더 높은 재능을 소유하고 있다는 착각의 순간이 괴테에게는 꼭 두 번 있었다.

첫째의 착각은 자연이 자기를 조형 예술가로 내세우려고 한다는 것이었다. 그의 가슴 속을 들끓게 하던 이 격렬한 비밀이, 마침내는 그를 이탈리아로 달려가게 했고, 이 환상의 포로가 된 나머지 그 모든 희생을 바치게 되었다. 똑같은 착각이 괴테 생애의 전반에도 나타났다.

사려 깊은 마지막 인간이면서 성실하게 망상을 피해 가는 괴테는, 기만적인 갈망의 요괴가 자기를 이와 같은 신념으로 꾀어냈다는 점과, 자기가 바라고 있던 이 최대의 정열에서 몸을 빼지 않으면 안 된다는 것을 깨달았다.

그는 직업적인 작가와 독일인이기를 바라지 않았기 때문에, 지금까지 독일에 남아 있는 유일한 문필 예술가일 수 있었다.

17

쇼펜하우어는 칸트가 갈릴레오에서 탈피했던 방법을 탈피했던 것이고, 갈릴레오는 또 동시대 학자들의 계몽된 공론에서 탈피했다.

나는 이미 쇼펜하우어를 훨씬 뛰어넘어 너무나 멀리 와버렸으므로 이와 같은 창백한 족속 가운데서 과연 내 자신의 영적, 지적 후계자를 가질 수 있을는지 의심스럽다.

18

많은 점에서 칸트는 너무나도 배타적인 현대 세계의 창시자였다. 그리고 이 세계에선 오로지 인간의 감정과 경험 특유의 표현으로 이해될 수 있는 사물들만이 존속할 수 있다.

이러한 세계에서 사람의 마음은 가장 나쁜 독재자이며, 오로지 그의 지배에 복종하게끔 준비된(그리고 배치된) 사물들만이 존재의 영역에 들어갈 수 있다.

19

쇼펜하우어가 없었다면 나는 훨씬 더 중요한 인물이 되었을 것이라고 확신한다. 그래서 매일 아침 나는 쇼펜하우어를 뿌리치고 달려 나가지만 황혼녘이면 어김없이 쇼펜하우어에게로 돌아간다.

쇼펜하우어는 그 모든 결점에도 불구하고 내가 될 수 있는 것보다 훨씬 더 완전하고, 더욱 순수하며, 더 이해성이 있었다. 그는 광기마저 나보다 약간 더 했다.

바로 이 점만 제외하고는 나는 그를 거의 용서할 수 있다.

20

스탕달은 프랑스 사람이 다른 사람과 같은 식으로 생각하지 않으려고 얼마나 애를 쓰고 있는가를 알고 싶어 했다.

만약에 그가 주위를 둘러보고 전적으로 생각에만 몰두하는 프랑스 사람이 얼마나 적다는 걸 알았다면 그는 다소 상처를 입었으리라.

21

셰익스피어— 나는 셰익스피어보다 더 마음을 갈기갈기 찢는 작품을 쓴 사람을 알지 못한다. 그토록 어릿광대가 되기 위하여 그 사람은 얼마나 많은 고뇌를 안고 있었을까?

사람들은 과연 햄릿을 이해하고 있는 것일까. 사람을 미치게 하는 것은 회의보다는 확실성이라는 걸 사람들은 알고 있을까.

22

서정시인이라는 개념에 딱 들어맞는 단 한 명의 시인은 하인리히 하이네였다.

수천 년을 통해 모든 나라에 이처럼 감미롭고 정열적인 음악을 찾을 수가 없다. 하이네는 신과 같은 악의를 가지고 있다. 어떠한 것이든 나는 완전한 것으로 인정하지 않는다. —나는 사람이나 종족의 가치를 평가하는데 그들이 자기 속에 얼마나 필연적으로 신을 악마와 구별함이 없이 생각하고 있었던가를 기준으로 하고 있다.— 게다가 그가 독일어를 다루는데 얼마나 세련되어 있었던가!

훗날 하이네와 나는 특별히 독일어를 다루는 데 으뜸가는 예술가로 불릴 것이다.

23

양量의 작용— 문학의 역사에서 최대의 역설은 셰익스피어와 같은 결함투성이의 시인에게 위대한 칭호를 부여하고 있는 것이다.

그를 소포클레스와 비교해 보면 황금과 자갈투성이의 광산에 비교될 것이다. 그러나 양도 팽창하여 절정에 달하면 질質을 바꾼다. 그것이 셰익스피어를 이룹게 한다.

구원받기 어려운 이상주의자

1

이상주의자들의 현명함이란 자신을 인식하지 않는다는 점이다.

그들은 자기 자신에 대하여 모호한 그대로 침묵을 지킬 만한 이유를 가지고 있으며, 그렇게 할 수 있을 만큼 현명하다.

2

이상주의자들은 구원받기가 무척 어렵다.

천국에서 쫓겨나 지옥으로 떨어져도 그들은 곧 이상을 만들려고 하기 때문이다.

그에게 환멸을 던져주어 보라.

그는 지금까지 희망을 안고 있었던 것과 똑같이 그 환멸을 끌어안을 것이다.

3

하나의 정신이 얼마나 많은 진리를 견디어내며 얼마나 많은 진리를 실천할 수 있는가.

이것이 나에게는 실로 진정한 가치의 표준이 되었다. 오류—이상을 믿는 것—란 맹목적인 것을 말하는 것이 아니라 비겁한 것을 말한다.

인식의 어떠한 성과나 진보도, 용기와 자기에 대한 준엄성과 결백성의 소산이다.

나는 이상을 부정하는 것은 결코 아니다.

단지 이상 앞에서 도전하는 것이다.

4

내가 약속해야 하는 최후의 것이란 바로 사람을 '개혁하는' 일이다.

나는 결코 어떤 새로운 우상도 세우지 않으련다. 낡은 우상들이 진흙으로 된 다리로서 무엇을 걸머지고 있는가만 알면 그만이다.

우상(이것은 모든 이상에 대한 나의 용어다)을 전복시키는 것— 이것은 오래 전부터 내가 해 온 일이다. 이상세계를 날조하는 것에 비해, 현실은 그 가치, 그 의의 및 진실성을 너무 빼앗겨 왔다. '진실세계'와 '허위세계' — 그것은 독일어로 말한다면 날조된 이상세계와 현실이다.

5

도덕적 이상주의는 우리들의 '권력시대'가 지닌 경제적 강제를 무시할 수 없다.

러스킨(영국의 수필가, 사회 개량가)과 카알 라일, 그리고 그 밖에 영국의 얼간이들, 특히나 존 스튜디어트 밀은 현대 생활의 기본적 사실을 터득하지는 못했다.

만약에 내가 시저가 아니라면 나는 당나귀에 올라타고 칼 마르크스와 더불어 예루살렘으로 입성하는 사회주의자 그리스도가 되리라. 마르크스주의자들의 권력에의 갈망은 니체의 권력에의 욕망에 필적한다.

하지만 나는 프롤레타리아의 당나귀보단 차라리 아라비아의 군마를 타고 예루살렘으로 입성하겠다.

신에 대하여

1

역사의 축도— 지금까지 내가 들어온 풍자의 글 가운데서 가장 진실한 것은 다음과 같은 것이다.

"태초에 무의미가 있었노라. 그것은 신과 함께 있었노라. 무의미는 바로 신이었노라."

2

하느님은 색채를 제외하고는 온갖 것을 눈에 볼 수 있는 세계로 만들어 놓은 것처럼 보인다. —실상 이 색채에 의해서만 세계는 눈에 보이는 것이련만.

사람은 선량한 태도를 창안했다. 하지만 하느님이 선량한 사람을 창조하는 데에 실패한 이래 대체 무엇에 대한 선이란 말인가.

3

정신과 권태— "마자르인은 권태를 느끼기에 너무 게으르다"는 속담엔 무엇인가 암시적인 요소가 있다.

가장 섬세하고 가장 활동적인 동물만이 비로소 권태를 느낄 수가 있을 것이다. 창조하는 작업의 이레째까지 참아온 신의 권태는 좋은 시의 소재가 될 것이다.

4

신들의 질투— 사회적인 계급의 내부에 존재하는 질투는, 누구든지 그 신분 이상의 공적을 세우지 말 것과 그의 행운조차도 신분에 맞는 것이어야 할 것, 자의식이 신분의 테두리를 벗어날 만큼 크지 말아야 할 것 등을 요구한다.

빛나는 승리를 거둔 개선장군들은 가끔 신들로부터 질투의 대상이 되며, 이와 마찬가지로 거장의 솜씨로 훌륭한 작품을 창조한 제자 역시 신들의 질투를 받게 된다.

5

"신들은 마치 학생들이 파리를 잡아 괴롭히고 날개를 찢어내는 것처럼 사람들을 괴롭히고 불구로 만든다"는 셰익스피어에게 나는 동의할 수 없다.

반대로 신들은 내게 친절했으며 마비와 뇌질환의 수련을 통해 그들은 그만큼 더 육체적, 정신적 건강의 가치를 내게 가르쳐 주었던 셈이다.

디오니소스적 광란을 분쇄함으로써 아폴로적인 침착과 소크라테스의 이성을 더욱 잘 평가하게 되었으니 말이다.

나는 괴테의 저 무적無敵의 낙관주의를 향유하는 바이다. 즉 그는 다음과 같이 말했던 것이다. ― "우리는 우리가 자신을 위해 배려하는 것보다 훨씬 더 잘 우리를 보살펴주는 사랑에 찬 신들의 보호 속에 있다"라고.

6

기독교는 에로스에게 독을 먹였다. ―에로스는 그것으로 죽지는 않았지만 변질되어 음란해졌다.

7

기독교는 강한 사람을 전형적으로 비난받아야 할 자로, 꼭 무뢰한으로 여겨왔다.

모든 약자, 비천한 자, 불구자들의 편을 들어 왔으며, 그것은 생명의 자기 보존 본능에 대한 항의에서 하나의 자기의 이상을 만들었다.

그것은 정신성으로 도달할 수 있는 최고 가치를 죄악이나 유혹으로 느끼게끔 가르침으로써 정신적으로 강한 천성을 지닌 사람들의 이성마저 파멸케 했다.

그 가장 안타까운 실례는 파스칼의 부패이다.

8

시를 짓고 신을 갈망하는 자들 속에는 병적인 자들이 많이 있다.

그들은 지식을 사랑하는 자를, 그리고 여러 덕에서 가장 젊은 덕, 진실을 말하는 덕을 강렬하게 증오한다.

그들은 언제나 과거의 몽매했던 시대를 회상한다. 물론 그 시대의 망상과 신앙은 지금과는 다른 것이었다. 즉, 이성의 광기狂氣는 신성神聖이었고, 의심은 죄였다.

9

목자牧者는 존재하지 않는다.

존재하는 것은 다만 하나의 짐승의 무리다.

10

가장 절실한 사도使徒— 그리스도의 열두 사도 가운데 한 사람쯤은 언제나 돌처럼 굳어 있어야 한다. 그 제자의 어깨 위에 새로운 교회를 세울 수 있도록.

11

악마는 신에 대해 아주 넓은 시야를 가지고 있다.

그런고로 신에게서 그토록 멀리 떨어져 있다.

즉, 악마는 인식의 가장 오랜 친구이다.

12

악마가 일찍이 나에게 이렇게 말한 적이 있다.

"신에게도 지옥이 있다. 그것은 사람에 대한 그의 사랑이다"라고.

그리고 나는 요즘 악마가 이렇게 말하는 것을 들었다.

"신은 죽었다. 사람에 대한 동정으로 말미암아 죽었다"라고.

13

사랑— 기독교가 다른 어떠한 종교보다 정밀한 기교를 가지고 있다면 그것은 바로 그들이 말하는 사랑이라는 것이다.

가장 빈틈없는 여자와 가장 저속한 남자라도 '사랑'이라는 말 한마디로 지금까지의 자기 생애에서 덜 이기적이었던 순간을 떠올리게 되는 것이다.

양친이나 자식들, 그리고 연인들에게서 사랑받지 못하는 외로운 사람들이나 승화된 성욕의 소유자들은 기독교 가운데서 그들이 갈망했던 것을 발견한다.

14

오직 한 사람만을 사랑한다는 것은 일종의 야만이다.

그것은 다른 모든 사랑들을 희생시켜야만 가능한 것이므로 신에 대한 사랑도 마찬가지다.

15

기도— 기도라는 아직 완전히 소멸되지 않고 있는 옛날의 풍습실에는 두 가지의 전제 조건을 바탕으로 해야만 비로소 의미를 가질 수 있다.

첫째는 신의 기분을 진정시키거나 바꾸는 일이 가능해야만 한다는 조건이고, 둘째는 기도하는 자가 자기 자신이 무엇을 바라고 있으며 무엇을 필요로 하고 있는가를 확실하게 알아야 한다는 조건이다.

이 두 가지 조건은 다른 모든 종교에서는 받아들여지고 또 전승되어 왔지만 기독교에서는 부정되어왔다.

따라서 기독교에서는 신이 가진 전지전능함과 일체를 배려하는 그 이성에 대한 신앙에 의해서, 기도라는 것은 근본적으로 무의미할 뿐만 아니라 독선적인 것으로 여겨져야 함에도 불구하고 기독교가 아직 기도라는 형식을 버리지 않았다는 점, 그것은 그 경탄할 만한 뱀의 교활성을 나타낸 것이다.

16

조금 관대하게 표현한다면, 예수를 하나의 자유정신이라고 부를 수 있을는지 모른다.

예수는 모든 고정된 사물에 대해서는 관심을 갖지 않는다. 왜냐하면 언어란 죽이는 것이요, 고정된 모든 것은 죽이는 것으로 알고 있기 때문이다.

예수만이 알고 있었던 삶이란 개념, 즉 경험은 그에게는 모든 종류의 언어, 형식, 법칙, 신앙, 교리에 반대되는 것이다.

'생명' '길' '진리' '빛' 등은 그가 표현한 것 중에서 가장 내면적인 말들이다. 그밖의 모든 것, 즉 모든 현실성과 모든 자연과 언어 자체까지도 그에게는 단지 기호와 비유의 가치 정도에 지나지 않는다.

17

"대저 불합리한 것을 믿을 지어다."— 나는 그리스도의 절대적 부조리不條理를 믿는다. 그러나 아직도 나는 구제될 수 없다. 바로 마지막 순간까지 나는 내 지성의 자부심을 포기할 수가 없는 것이다.

예수가 니체에게— 비록 그가 파멸의 퇴적에 불과하게 된 때조차도— 굴복해야 한다는 확신을. 더 이상 적敵은 아무 데도 없다. —더 이상 증오도 없다.

오로지 세계를 포옹하는 사랑이 있을 뿐!

그건 나를 위한 왕국은 아니다!

세계가 내 귓전에서 산산이 부서지고 있는 동안 나는 번개 치며 우레소리 요란하게 죽어가야 하는 것이다.

18

기독교적인 도덕의 가설은 세계에 어떠한 기여를 하였나.

1. 사람의 작은 흐름인, 탄생과 사망이 사람의 근소성이나 우연임에도 불구하고 거기에 한 절대적 가치를 주었다.

2. 이유 없는 고뇌와 우연한 피해가 있음에도 불구하고 악은 어떤 의미로 가득 차 있다고 생각하게 했다. 그리하여 저 자유를 포함한 신의 변호사처럼 행세했다.

3. 그것은 절대적인 가치에 대한 지식을 인간이 가지고 있다고 보지 않고, 그런 인식의 바탕 위에 중요한 것에 대해서까지 적당한 분별과 인식을 인간에게 주어버렸다.

4. 그것은 사람이 자신을 사람으로 가벼이 보아 넘기지 않도록, 사는 일에 대해 적시하지 않도록 인식하는 것에 절망하지 않도록 보호하였다. 즉 그것은 하나의 보존 수단이 되었다.

요약하면, 도덕은 실천적이고 이론적인 니힐리즘을 적대하는 큰 수단이었다.

19

교회가 잘못 사용해서 퇴폐해버린 것들.

1. 금욕, 오늘날 금욕은 교육에 봉사할 따름이다.

2. 단식, 온갖 사물을 자세히 음미할 수 있는 힘을 끝까지 보유하는 수단으로서 단식이 이용된다.

3. 수도원, 이것은 유혹을 피하려는 것이 아니라 의무를 피하려는 것이다. 즉 환경 안에서의 이탈이다. 자극과 영향력으로부터의 이탈이다. 이런 것들을 위하여 수도원이 필요하다.

4. 축제, 기독교 때문에 인간은 축제 기분을 망치지나 않을까 하는 압박

감을 늘 느껴야 한다. 그래서 사람은 조잡해지게 마련이다. 축제 안에는 긍지, 자부심, 대담함, 고지식함, 자신에 대한 긍정, 조소 등 모두 포함되어, 기독교가 진정으로 긍정할 수 없는 상태이다. 그러므로 축제는 이교異教이다.

5. 도덕으로 자신을 가장하는 사람, 사람은 누구나 자신이 가지고 있는 욕정을 시인하기 위해 도덕을 필요로 하지 않는다.

6. 죽음, 사람은 생리학적 사실을 도덕적 필연성으로 오해한다. 그러나 죽음을 오해해서는 안 된다. 죽음은 생리학적 사실일 따름이다. 기회를 잃지 말고 죽음에의 의지를 가져야 한다.

20

고뇌와 무능— 그것이 모든 내세來世를 창조한 것이다. —그리고 가장 깊이 고뇌하는 자만이 경험하는 저 순간적인 행복의 망상이 그것들의 내세를 만들어냈다.

21

내가 신을 믿는다면 춤추는 것을 알고 있는 신만 믿으리라.

22

얼마간의 신앙은 현재의 우리들에게는 신앙을 받고 있는 것에 대한 이의異議로서 충분하다. 뿐만 아니라 그 신앙인의 정신 위생에 찍혀진 의문부호이다.

23

신앙인과 비신앙인의 자연적인 비유— 완전무결한 신앙인과 마찬가지로 완전무결한 비신앙인도 우리의 존경심을 불러일으킨다.

철저한 비신앙인은 힘찬 격류의 발원지인 높은 산과 같고 신앙인은 평화로운 수목의 그늘과 같다.

24

신이 저들의 신전에서 방해받지 않은 채 남아 있는 한 우리는 우리들의 집에서 방해받지 않고 남아 있는 셈이다.

25

어쩌면 나는 스탕달을 질투하고 있는지도 모른다.

이 사람은 바로 내가 말할 수 있었던 가장 위대한 무신론자의 경구警句 "신의 유일한 변명은 신이 존재하지 않는다는 것이다"를 나에게서 빼앗아갔다.

26

과학을 어떻게 스스로 방어할 것인가?

이것이 오랫동안에 걸친 신의 문제였다.

그래서 신은 중요한 판단을 내렸다.

그것은 사람을 낙원에서 추방시키는 것이었다.

27

사람의 역사에서 진정한 비극이 일어난 것은 아마도 그가 처음으로 그 자신과 자기의 배우자가 벌거벗고 있는 것을 발견했을 때가 아니라 처음으로 신을 예배하기 위해 그 자신의 인격 밖으로 나갈 필요가 있음을 깨달았을 때가 아닌가 싶다.

실상 문 밖에서 그 자신을 발견할 때까지는 에덴의 정원에서 그가 쫓겨났다는 것을 알지 못했다.

28

신과 같은 권력의 씨는 아직도 우리 안에 존재한다.

신들은 바로 우리들, 방랑의 시인이며 성자이며 그리고 영웅들이다. ― 만약 우리에게 그럴 의지만 있다면.

29

우리들의 도덕 안에는 과학적인 것은 아무것도 없다. 또한 우리의 과학 속에는 도덕이 더욱 적다.

이 양자를 화해시키기 위해선 새로운 신의 모습이 상상되고 규정 지워져 통속화되어야만 할 것이다.

30

다른 사람들의 위안― 즉 하느님과 천국을 받아들일 것을 거부했기 때문에 고통을 받아왔다.

그러나 크세르크세스(페르시아의 제왕)가 플라타너스 나무들을 사랑했던 것처럼 나는 유토피아적 미래의 가지에 매달려 왔다.

그리하여 이 같은 방법에 의해 현대의 사상으로 석화石化된 숲에서 하느님과 천국을 상기하고자 했던 게다.

니힐리즘

1

니힐리즘은 저 문 밖에 서 있다. ―니힐리즘의 출발점의 원인을 사회의 궁핍이나 생리적인 변질 상태, 혹은 부패에다 두는 것은 잘못이다.

정신적이든, 육체적이든, 지적이든 궁핍하다는 그 자체가 니힐리즘(쉽게 말하면 가치, 의미, 소망의 철저한 거부 현상)을 산출할 수는 없다.

이와 반대로 아주 특정한 해석 가운데나 기독교적, 도덕적 해석에 니힐리즘은 살아 숨쉬고 있다.

2

니힐리즘은 무엇을 뜻하고 있는가?

가장 높은 가치가 그 가치의 의미를 박탈당하는 것.

목표에 대한 성실성이 결여되어 있는 것.

'무엇 때문에?'에 대한 대답이 결여되어 있는 것.

3

니힐리즘은 "모든 것이 헛되다"라고 하는 것의 관찰일 뿐만 아니라 모든 것이 철저하게 몰락될 가치가 있다고 믿는 데 있는 것만도 아니다. 그것은 손을 들어 파괴하는 것이다.

이것은 비논리적임이 분명하다. 그러나 니힐리스트가 논리적이어야 하는 것은 아니다.

4

니힐리즘의 원인들.

1. 끊임없는 풍요함과 권력(고급한 원인).

2. 자신이 대중이나 우매한 군중의 하나라는 것을 잊고서 우주론적이고 형이상학적인 가치로 부푼 사람들을 매도한다. 고급한 전형을 생각해내는 모든 시도가 여기에서 실패한다. 즉, 낭만주의자, 예술가, 철학자 모두가 이들에게는 못마땅하다(저급한 원인).

5

니힐리즘의 두 가지 종류

1, 능동적 니힐리즘, 정신이 상승한 권력의 징후로서의 니힐리즘.

2. 수동적 니힐리즘, 정신의 권력이 쇠퇴하고 후퇴한 것으로서의 니힐리즘.

6

니힐리스트의 발생에 관하여.

자기가 본래 알고 있던 용기는 모든 것이 끝난 다음에 느낀다. 나는 최근에 이르러서야 내가 철저한 니힐리스트임을 비로소 인정했다. 나를 니힐리스트로 믿어준 에너지와 급진주의는 이 근본 사실에 대해서 나를 속였다.

7

완전한 니힐리스트.

그의 눈은 추한 것을 이상화하고, 자신의 추억을 배반한다. 추억이 전락하여 귀퉁이가 못쓰게 떨어져 나가도록 방치한다.

멀리 있는 것과 지나간 일에 약한 것을 채색하는 것처럼 추억이 시신屍身의 색깔로 변질되는 것도 내버려둔다.

니힐리스트는 자신에 대해 행하고 있지 않는 것은 과거에 대해서도 마음을 쓰지 않는다. 그는 그것을 전락하도록 내버려둔다.

8

더 이상 공격할 수 없을 정도로 가장 피곤한 니힐리즘은 불교이다. 즉 가장 수동적이고 힘없는 니힐리즘은 불교인 것이다.

9

두 가지 데카당스적 종교, 즉 기독교와 불교의 구별은 다음과 같다.

불교는 약속함 없이 실천하고, 기독교는 무엇이든지 약속을 하지만 실천하지 않는다는 것이다.

10

니힐리즘에 선행하는 절차로서의 페시미즘.

결국은 니힐리즘에 도달하는 페시미즘의 논리. 무엇이 그곳에서 일어나는가.— 무가치성과 무의미성의 개념. 도덕적인 가치 부여가 그 이외의 높은 가치의 등 위에 숨어 있는가.— 어디까지.

도덕적인 가치 판단은 단죄斷罪의 부정이다. 그것은 생존에의 의지에 반대되는 것이다.

11

페시미스트— 우리가 미래를 허무하게 볼 것인가 아닌가 하는 점을 결정해 주는 것은, 우리들이 한 입의 영양식을 섭취할 수 있는가 없는가에 달려 있다.

이러한 사정은 가장 고차적이고 가장 정신적인 영역에까지 적용된다. 그리스 문화는 재상가들의 문화였다.

12

데카당스의 개념.

1. 회의는 데카당스의 결과이다. 정신적인 방종도 마찬가지.

2. 풍습의 몰락은 데카당스의 결과다. 의지의 우유부단, 강한 자극과 새로운 수단에의 욕구.

3. 심리적이고 도덕적인 치료법이 데카당스의 진행을 저지할 수 없다. 때때로 사람을 무효화하는 데카당스의 독소를 최소한으로 하려는 대단한 시도가 행해지기는 하지만.

4. 니힐리즘은 데카당스의 원인이 아니다. 다만 그의 논리에 불과하다.

5. 선과 악은 데카당스가 가진 두 개의 유형일 뿐이다. 근본 현상에서 그 둘은 서로 발목이 잡혀 있다.

6. 사회적인 문제들은 데카당스의 결과이다.

7. 신경과 두뇌의 질환은 강한 방어 본능의 힘이 모자란다는 것을 나타낸다. 다른 질병도 마찬가지다. 바로 그것에 대한 감정이 작용하여 즐거움과 불만의 문제가 표면화한다.

13

데카당스 본능과 휴머니티를 혼동하지 말 것.

문명의 데카당스를 향해 촉구하는 필연적인 해체 수단을 문화와 혼동하지 말 것.

방종과 자유의 원리를 권력에의 의지와 혼동하지 말 것(권력에의 의지는 그 반대이다).

국가와 민족의 문화

1

많은, 너무나 많은 사람들이 태어났다.

그 덤으로 태어난 자들을 위해 국가는 발명되었다.

2

아직도 어딘가엔 지금 우리들 곁에는 없는 민족과 민중의 무리가 있을 것이다.

나의 형제들이여, 그곳에는 국가가 있다.

3

국가란 모든 냉정한 괴물 가운데서 가장 냉정한 괴물이다.

그것은 또 싸늘한 거짓말을 거침없이 한다.

그 거짓말은 이런 것이다.

"'나, 국가는 곧 민족이라고.'"

4

국가라는 폭군은 자기 스스로 폭군이 될 수 없는 사람에겐 거의 필수 불가결한 것이다.

5

교회에 대해서 묻는가. 그것은 하나의 국가이다. 온갖 거짓에 가득 찬 국가이다.

그러나 조용하라, 위선의 개여.

그대는 그대의 종족을 잘 알고 있을 것이다. 그대처럼 국가란 위선의 개다. 그대처럼 국가는 연기와 포효로서 말하기를 좋아한다. 그리고 또 그대처럼 국가는 사물의 핵심을 말하고 있다는 것을 믿게 하려고 한다.

왜냐하면 국가는 어디까지나 대지의 가장 중요한 생물이고자 하기 때문이다.

그리고 사람들도 국가는 그런 것이라고 믿고 있다.

6

균형의 원리— 강도에게서 지켜주겠다고 약속하는 권력자는 근본적으로 강도와 다를 게 없는 존재이다.

다만 그들이 각자 이익을 취하는 방법이 좀 다를 뿐이다.

7

"짐朕이 곧 국가다"라고 말한 바 있는 루이 14세는 만약 다음과 같이 말했다면 한층 참되리라. 즉 "나는 나의 쾌락을 명하는 것을 제외하고는 나의 국가 안에선 법의 작용을 일체 정지시켰노라"고.

그러나 루이 14세는 진정으로 훌륭한 시간을 누렸을까? 만약에 그랬었

더라면 그는 그러한 관념을 뒷받침하는 아주 작은 증거라도 남겼을 것이다.

이를테면 데카르트와 같은 타고난 제왕을 지배하는 특권을 갖고 있어서 2년 이상의 기간을 줄곧 그를 집에 가만히 붙어 있을 수 없게 만들었던 공상 같은 것 말이다.

8

현대 세계의 온갖 꿈 중에서도 평화주의자의 꿈이야말로 가장 천박한 것이다. 또한 그것은 성실이 가장 쉽사리 악덕이 될 수도 있는 경우이다.

유대민족을 제외하고는 정복 이외의 방법으로 그 자체를 유지하고자 한 국가는 하나도 없다. 또한 어떠한 국가도 점령지를 덧붙임으로써 그 뿌리에다 계속 물을 주지 않고서도 살아남은 적은 결단코 없었다.

정복의 꿈을 포기한 국가는 삶의 꿈을 이미 포기해버린 것이다.

평화주의자를 지향하는 국가는 죽어가고 있는 국가이다— 만약에 이미 안전하게 죽어 있지 않다면.

9

법이란 서로 다른 나라에서 서로 다른 종족에 속하는 눈먼 곤충들을 그것에로 유인하는 빛이다.

10

민족의 표지標識를 나는 그대에게 보이겠다. 제각기 민족이란 모두 선과 악에 관해서, 자기 자신의 의견을 말한다. 그 이야기는 이웃 나라에서는 이해되지 않는다.

민족은 스스로를 위한 스스로의 이야기를 풍습과 법칙으로 창조해낸다. 그러나 국가는 선과 악에 관해서 모든 말을 써서 거짓말을 한다. 국가가 무엇을 말하든 그건 거짓말이다. 국가가 무엇을 가지고 있든 그것은 훔쳐온 것이다.

선과 악에 대한 말의 혼란, 이것이야말로 국가의 목표다.

11

풍습의 희생— 풍습이란 "집단은 개인보다 우선되어야 한다"라는 사상과 "영속적인 이익이 일시적인 이익에 우선되어야 한다"는 사상을 근본으로 하고 있다.

희생자 측에서 "개인은 집단보다 귀중하다"고 주장하는 문제를 어떻게 해결해야 할 것인가.

12

사람은 평범한 이기주의자다.

현명한 자들조차도 자기의 이익보다는 습관을 존중한다.

13

어느 곳에서나 가장 오래된 것은 정복자의 무덤이다.

정복자 아래서의 선한 자연의 통치는 오로지 저들의 죽음과 더불어서만 비로소 개시되는 것이다.

14

우리들의 문화는 하도 너덜너덜 닳아빠졌으므로 단지 전쟁이란 소리만 울려도 조각조각 찢겨버리고 만다.

15

문화에 관한 정의— 전쟁을 위한 최초의 도구는 아마도 소아시아에 있는 어떤 동굴 속에서 비밀리에 만들어진 반면, 최초의 요리솥은 아프리카의 북쪽 해안 마을에서 놀란 눈으로 구경하고 있는 아이들과 이웃 사람들에 둘러싸인 채 공개된 장소에서 만들어졌으리라는 사실을 지적하는 것보다 더 잘 어떻게 문화를 설명하겠는가.

16

사람에게 자연을 들쑤시던 그 힘과 용기를 되돌려주는 일.

자연으로서의 사람이 범할 수 있는 자기 비하를 멈추게 하는 일.

사물 속에 그러한 일이 있다는 것을 발견한 이상 그것을 뽑아내어 대립을 없게 하는 일.

죄, 벌, 공정, 진실, 자유, 사랑 등의 사회적 특이체질을 생존 일반에서 제거하는 일.

자연성에의 전진. 모든 정치와 파벌 문제— 상인과 노동계급, 사업가의 문제는 모든 권력의 문제이다.

문제는 무엇을 할 수 있는가이며, 다시 무엇을 할 것인가의 문제가 생겼다.

2부 프리드리히 니체 평전

인간적인 너무도 인간적인 영혼의 순례

떠오르는 별

나는 이중인격자이다. 나에게는 하나의 시야 외에 또 하나의 시야가 있다. 어쩌면 제3의 시야가 있는지도 모른다.

국왕 탄생일에 태어난 또 다른 제왕

"나의 오빠는 가계라는 것에 상당한 가치를 두고 있었다. 한 사람의 인품이나 재능은 모두 조상에게 물려받은 선물이라는 의견을 항상 가지고 있었다. 따라서 그는 덕행이 많았던 우리 조상에게 감사와 존경을 바쳤으며, 자신에게 뛰어난 점이 있다면 그건 곧 조상의 유산이라고 했다."

니체의 누이 엘리자베드의 말이다. 그러한 주장에, 자신의 가계를 신성화하고 오빠를 영웅화하려는 그녀의 과장이 섞여 있다 해도, 이것은 니체의 사상을 이해하는 데 매우 중요한 단서를 담고 있다. 니체 스스로도 폴란드 출신이라는 점에 긍지를 지니고 있었음이 분명하다. 이것은 훗날 그의 책들 곳곳에 나타나는 독일문화에 대한 거부감과도 관계를 가진다.

"나는 타고난 천품에서 단순히 지역적으로나 민족적으로 제한된 지평

니체의 생가.

선을 넘어서 건너편을 바라보는 것이 허용되어 있었다. 내가 좋은 유럽 사람이 되는 것은 아주 쉬운 일이다. 나는 아마도 최후의 반정치적 독일 사람이면서 동시에 현대의 어떤 독일 국민보다 훨씬 독일적이다. 더구나 나의 조상은 폴란드 귀족이었다. 나의 핏속에는 여러 인종의 기질이 스며들어 있다."

엘리자베드의 기록에 따르면 니체의 증조부는, 아직 갓난애였을 때 폴란드의 혁명을 피해 어머니와 함께 독일로 들어왔다. 폴란드의 국왕과 친하게 지내던 증조부의 아버지는 사형선고를 받았다고 한다. 『니체의 생애와 사랑』이라는 책을 쓴 이보 프렌첼은 다음과 같이 말한다.

"귀족의, 그리고 외국의 피를 받았다고 하는 터무니없는 이야기는, 니체 집안사람들에게 자신들은 시골뜨기인 주변 사람들과는 아주 다르다고 하는 자긍심을 남몰래 지니게도 하였다. 이 이야기는 터무니없는 것이지만, 그 가족에게는 어떤 특별한 의식마저 주었다. 이 의식이 어린 니체에게도 어느새 전달되어 마침내는 그의 머릿속을 평생토록 떠나지 않았다. 그 후 그의 많은 저술 속에서도 확실하게 반영되었던 것이다."

가문의 유래에 대한 이와 같은 여러 의견들과 그 진위는 그러나 그리 큰 문제가 되지 않는다. 가문에 대한 긍지와 자부심이 니체의 사상에 끼친 결과만을 우리는 주목해야 하는 것이다.

니체의 친할아버지인 프리드리히 아우구스트 루드비히 니체는 지방감독 목사이며 신학박사였다. 1796년 칸트의 비판철학과 프랑스혁명의 결과로 프랑스에서는 자유주의 사상운동이 충일하였다. 이 사상이 독일적 정서를 위협하고 있을 무렵, 그의 할아버지는 「기독교의 영구지속과 신학의 현실 발효」에 대한 논문을 썼다. 1804년에 쓴 또 하나의 논문은 「종교 교육, 노동의 의무 및 사람생활에 관한 이성적 사고방식의 촉진을 위한 약간의 건의」라는 제목으로 되어 있다. 이 논문으로 그는 박사 학위를 취득하였다. 손자가 파괴하고 경멸하였던 것이, 할아버지에게는 의심할 수 없는, 그리고 지킬 만한 가치이기도 했던 것이다.

니체의 할머니 역시 목사 집안 출신이었다. 젊었을 때 바이마르에서 지냈으며 괴테의 서클과도 관계가 있었다. 그녀와 형제 관계가 되는 괴니히스베르크 신학 교수인 크라우제는 총감독으로 바이마르에 초빙되었다. 그녀의 어머니, 즉 니체의 증조모는 '무트겐'이라는 이름으로 괴테의 젊은 일기장 속에 나타난다. 그녀는 아이렌부르크의 지방감독 목사였던 니체의 할아버지와 재혼하였다. 1813년 대전쟁이 일어나던 해, 나폴레옹이 그 막료들과 함께 아이렌부르크에 들어오던 바로 그날, 10월10일에 그녀는 분만하였다. 이때 태어난 막내아들이 니체의 아버지이다.

니체의 아버지 칼 루드비히 니체는 알텐부르크 대공의 가정교사로서 왕녀의 교육을 맡았다. 그 후 프리드리히 빌헬름 4세의 배려 덕에 프로이센 작센에 있는 뢰켄 마을의 목사직을 맡게 되었다. 그는 결혼하지 않은 두 고모

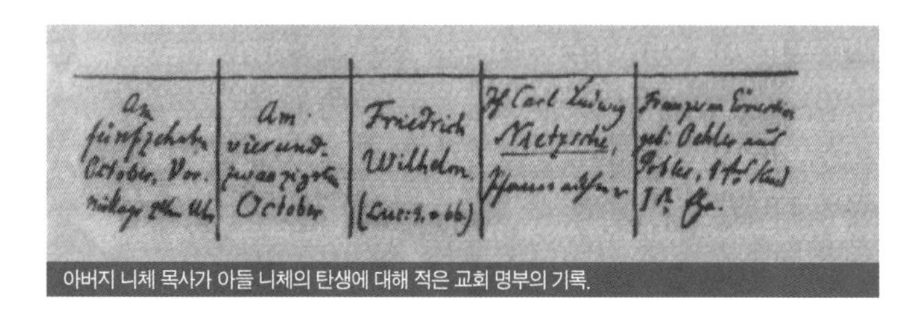

아버지 니체 목사가 아들 니체의 탄생에 대해 적은 교회 명부의 기록.

와 함께 그곳으로 이사했다. 아우구스테 고모는 집안일을 맡고, 로잘리 고모는 기독교의 자선사업을 도왔다. 니체의 두 고모들은 사망할 때까지 미혼으로 남동생과 함께 살았다.

니체의 어머니는 작센 영領 포부레스에 살던 지방 목사인 오엘러의 막내딸이다. 그녀는 17세에 결혼했는데, 집안일에 대한 권한은 시누이들에게 넘겨져 있는 상태였다. 그녀는 결혼한 다음해인 1844년 첫 아이를 분만했는데 그가 바로 유럽의 대사상가 프리드리히 빌헬름 니체이다. 그날은 마침, 칼 루드비히 니체에게 커다란 은혜를 베푼 프리드리히 빌헬름 4세의 탄생일이기도 하다.

니체의 부친은 인격이 고상하고 예술적 재능, 특히 문학과 음악에 재능을 지니고 있었다. 가족들을 사랑했으며 세상 사람들에게도 매우 친절하였다. 그러나 그의 문학적 재능은 다소 허풍스러운 감상의 산물이었다. 그 예로 그의 아들의 세례 식사式辭를 들 수 있다.

"내가 오늘 체험하는 것은, 최대의 사건, 가장 굉장한 사건이로다. 즉 나는 나의 아들에게 세례를 베풀게 된 것이다. 오, 나의 이 축복된 순간. 오, 나의 이 유쾌한 축제. 오, 나의 이 표현하기 어려운 신성한 일이, 주님의 이름 앞에 영광되게 하소서. —깊은 감동으로 나는 말하련다. 자, 나의 사랑하는 아들을 내게 데리고 오라. 내 그를 주님께 바칠 것이다. 나의 아들이여, 이 세상에서 그대는 프리드리히 빌헬름이라고 불리게 되리라. 나의 은인인 국왕 폐하의 탄생일에 그대가 태어난 것을 기념하여."

이리하여 니체는 국왕과 같은 이름인 프리드리히 빌헬름이라고 불리게 된다. 후에 니체는 그의 자서전『이 사람을 보라』에서 다음과 같은 의견을 남긴다, 그의 탄생과 부친에 대해.

"소년 시절에 내 생일은 공휴일이었다. 나는 그러한 아버지를 가진 것을 큰 특권이라고 생각하였다. 아마도 내가 지니고 있는 특권이란 이것뿐인가 한다. —삶, 삶에 대한 위대한 긍정을 제외하고서. 내가 아버지의 덕을 본 것은, 나도 무의식적으로 단순히 때가 오기를 기다리면 노력도 없이 높고 아름다운 사물의 세계로 들어설 수 있었다는 것이다. 나는 이런 세계에 있으면 집에 있는 것과 같은 생각이 든다. 나의 가장 깊은 내적 정열은 여기서 비로소 해방된다. 내가 이 특권의 대가로 거의 생명을 바친 것은 확실히 부당한 거래가 아니다."

근친상간, 폐쇄된 공간의 금지된 사랑

니체는 그의 부친이 근무하는 뢰켄의 목사관에서 성장하였다. 이 시기를 니체는 유일하게 밝고 아름다운 유년으로 기억하고 있다. 니체는 14세 때 자서전을 썼는데, 그 자그마한 책 속에 어린 시절 목사관에 대한 기억을 적

아버지 칼 루드비히 니체.

고 있다.

"나는 결코 사랑하는 목사관을 잊지 못할 것이다. 날카로운 연필로 마음속에 새겨져 있기 때문이다. 집은 1820년에 세워져 별로 오래되지 않았기 때문에 그다지 쇠락한 곳은 없었다. 층계를 대여섯 개 올라가면 현관으로 들어간다. 2층에 있는 서재도 생각난다. 책이 방에 가득하였으며 그림책도 많았다. 책을 뒤적이는 일이 즐거웠다.

집 뒤에는 과수원과 잔디밭이 펼쳐져 있고, 집 앞에는 창고와 외양간이 있으며 그것들을 지나 정원이 있다. 나는 자주 그 정원에서 시간을 보내곤 하였다. 푸른 나무 울타리 너머에는 연못이 네 개 있었고 버드나무가 늘어서 있었다. 그 연못의 가장자리를 따라서 거니는 것이 나의 가장 큰 즐거움이었다. 햇빛이 물 위에 비치고 물고기는 평화롭게 놀고 있었다.

또 한 가지 고백할 것이 있는데, 그것은 늘 나에게 두려움을 끼치던 것이었다. 즉 성물실聖物室 한구석에 있는 사람보다 더 큰 성聖 게오르그 석상이었다. 그 거룩한 모습, 무서운 무기, 그리고 어두컴컴한 분위기 —나는 그것을 볼 때마다 몹시 두려웠다. 전설에 따르면, 전에는 눈에서 무서운 불이 나와 보는 사람을 전율케 했다고 한다."

니체는 철저하게 기독교적인 분위기에서 성장하였다. 얼마 후 그에게는 엘리자베드라는 누이동생과 요제프라는 남동생이 생겼다. 집안은 신앙 속에서 평화로운 생활을 영위했으며 이웃에서는 이 단란한 가정을 '이상적인 목사관'이라고 불렀다. 그러나 아버지의 갑작스러운 죽음으로 이 가정에 어두운 그늘이 드리우게 되었다.

어머니 프란차스카 니체.

니체가 채 다섯 살도 안 되었을 때, 그의 아버지는 낙상으로 인한 뇌질환을 앓다가 세상을 떠났다. 아버지의 죽음은 아직 어린 니체에게 그리 큰 정신적 영향을 끼치지는 않았다. 다만 아버지의 죽음에 따르는 부수적인 문제들, 즉 주거 환경의 변화라든가 오직 여자들만의 틈에서 생활하게 되었다든가 하는 생활 조건이 성장하는 니체에게 정서적 영향을 끼쳤을 뿐이다.

훗날 니체는 그의 성장 기록에 아버지의 죽음이 자신에게 끼친 영향에 대해 다음과 같이 적었다.

"정말 나의 부모는 훌륭하였다. 이렇게 훌륭한 아버지가 세상을 떠났다는 것은 한편으로는 그 후의 생활에 대한 아버지의 후원과 지침을 잃어버린 셈이지만, 그러나 다른 한편으로는 아버지의 죽음이 내 영혼에 근엄과 사색의 씨앗을 심어 놓았다고 나는 확신하고 있다. 그런데 아버지의 죽음 이래 나의 성장은 남자 어른의 감독을 받는 일이 전혀 없었기 때문에, 아마도 그것은 너무나 나쁜 상황이었다고 생각한다. 호기심에서, 게다가 아마도 지식욕도 보태져서, 나는 교양이 될 만한 여러 잡다한 지식들을 마구 끌어들였다. 물론 이렇게 되면, 보금자리를 갓 떠나온 여린 정신은 도리어 혼란에 빠질 것이며, 무엇보다도 근본적인 지식을 얻기 위한 기초가 무너지고 말 것이지만, 나는 아홉 살에서 열다섯 살까지 오로지, 박식博識에의 병적 갈망에 싸여 있었다."

아버지가 죽은 후에도 가족들은 8개월쯤 목사관에서 살았다. 그리고 그 동안에 또 다른 슬픈 운명이 닥쳐왔다. 다름 아닌 동생 요제프의 죽음이었다. 요제프는 그때 두 살이었는데, 갑자기 경련을 일으켜 죽은 것이다. 요제프가 죽던 날 니체는 뜻밖의 일을 겪는다. 그것은 누이동생 엘리자베드와의 근친상간적 관계이다. 누이동생과의 이러한 관계는 그 후에도 계속되어 니체의 삶을 어둡고 음습하게 만드는 중요한 요인이 되었다.

니체는 그의 자서전『나의 누이와 나』에 누이와의 그 일이 처음 시작되던 상황을 자세히 적고 있다. 여기서 한 가지 주의해야 할 것은『나의 누이와 나』라는 책에 따르는 몇 가지 문제점을 짚고 넘어가야 한다는 점이다.

이 책의 집필은 니체가 정신병 발병 후 정신병원에 입원해 있는 동안 이루어졌다. 그 후 니체는 정신병원을 퇴원하는 한 상인에게 자신의 원고를 출판업자에게 넘겨줄 것을 부탁하였다. 니체가 이러한 일들을 그의 누이나 어머니 몰래 진행한 것은 그들이 니체의 글의 출판을 두려워하고 그것을 금지하려 했기 때문이다. 그들은 니체의 글에 의해 자신들이 얼마나 매도될지를 알고 있었다. 사실 니체는 그의 누이와 어머니에게 많은 불만과 짜증을 품고 있었다. 그들은 니체의 자서전『이 사람을 보라』를 출판 금지하기도 하였다. 니체는 분명 어머니와 누이의 손길이 미치지 않는 곳에서 자신의 원고가 안전하게 출판되기를 바랐을 것이다. 그러나 니체의 원고를 받아 간 상인은 약속을 지키지 않았다. 이 상인이 팽개쳐 둔 것을 그의 아들이 수년 뒤에 발견하고 캐나다로 이민 가면서 순전히 변덕으로 그 원고를 가지고 갔던 것이다.

이러한 경로로 니체의 원고는 캐나다로 가게 되었고 상인의 아들은 그 원고를 자신의 고용주에게 보여줬다. 그 고용주는 전직 목사였는데 그 원고가 니체의 것임을 확신했다. 그리고 자신의 아내가 캐나다로 귀환할 수 있도록 도와주는 대가로 니체의 원고를 제공하겠다고 미국의 신문기자와 계약했다. 그 원고는 다시 미국으로 건너갔다. 미국의 젊은 신문기자는 이 원고를 미국에서 출판하기 위해, 니체의 연구자이며 번역자이기도 한 오스카 레비에게 번역을 부탁했다. 오스카 레비는 『나의 누이와 나』의 서문에 다음과 같이 썼다.

"만약에 내 생전에 『나의 누이와 나』의 출판이 이루어진다면, 그것은 현재 니체의 이름 위에 걸려 있는 오해의 구름을 헤쳐 나가는 데에 크게 효과가 있으리라. 그것은 미국의 니체 옹호론자의 세력을 —현재 『반反 그리스도인』의 신속한 번역자이며 주석가인 헨리 멘켄에 의해 훌륭하게 주도되고 있지만— 강화하는 데 확실히 많은 기여를 하게 되리라.

엘리자베드 푀르스터 니체 부인이 이와 같이 쉽게 소송법이 미치는 곳에 있는데 나의 미국인 친구가 감히 어떻게 이 작품을 출판할 수 있을지 나는 모르겠다. 미국의 문서 비방에 관한 법률이 출판이 가능하도록 우리들의 법률과는 많이 다른 것이기를 희망하는 바이다."

이와 같이 『나의 누이와 나』는 뉴욕으로 보내졌으나, 오스카 레비의 우려대로 당시에는 출판되지 못했다. 그때가 1927년이었는데, 그로부터 24년 후인 1951년에서야 미국의 보어즈 헤드 북스 출판사에서 간행되었다.

아무도 이 원고가 니체의 원고가 아니라고 감히 말할 수 없다. 그 스타일과 사건, 그리고 니체의 성격을 누가 감히 날조할 수 있을까. 그러나 누구도 이 원고가 니체의 것이라는 확실한 증거를 제공할 수도 없다. 이 책의 독일어판은 없는 것으로 알려져 있다. 다만 모든 진실은 이 책을 읽는 독자의 마음속에 내재할 것이다.

15살 때 어머니에게 보낸 편지.

이와 같은 예비지식을 가지고 이 글에 인용되는 『나의 누이와 나』를 대해 줄 것을 바란다.

"엘리자베드와 나 사이에 그 일이 처음 일어났던 것은 우리의 어린 동생 요제프가 죽던 날 밤이었다. 그녀는 자기 있는 곳이 춥다고 호소하면서, 또한 자기는 평소에 내가 얼마나 따뜻한가를 잘 알고 있다고 하면서 내 침대로 살며시 기어들었다. 우리는 동생이 죽었다는 사실을 알지 못했다. 실상 오한은 아주 어릴 때부터 자주 나를 엄습했으며, 가장 기묘하고 가장 뜻밖의 시간에 나를 사로잡았던 것이다. 그리고 그날 밤 나는 특히 더 추위를 느꼈다. 오후 내내 어린 요제프는 날카로운 비명과 고통에 찬 울부짖음으로 온 집안을 뒤흔들었다. 불현듯 나는 내 손을 잡는 그녀의 작은 손을 느꼈다. 그리고 그녀의 색색거리는 작은 숨소리가 귓전에 울렸다. 나는 온 몸이 따뜻해지는 것을 느끼기 시작했다.

나는 그날 밤, 그렇듯 뜻하지 않은 시각에 엘리자베드가 내게 가져다준 저 풍성한 온기에 대해 사랑과 원망을 동시에 느꼈다. 그녀가 내 침대에 기어들 때 보통 나는 숙면의 한가운데에 있었다. 그리고 그녀의 포동포동한 손가락이 내게 헌신하고 있음을 발견할 때의 전율은 곧 나 자신도 몇 시간이고 자지 않고 깨어 있다는 걸 의미했다. 뿐만 아니라 비록 의식적으로는 도대체 무슨 일이 일어나고 있는지를 아무것도 몰랐지만 나는 내 누이가, 소년에게 감각의 진정한 가치란 그들의 존재 속에서 성숙하는 경험의 한 부분으로 발견된다는 것을, 기정사실로서 내 삶 속에 가져다주고 있다는 감정을 느꼈음에 틀림없다. 그녀는 더 제약이 많은 세계 속에서, 모름지기 내 자신의 노력에 의해서만 권리로써 획득해야만 하는 승리를 내게 선사하고 있었던 것이다."

누이와의 근친관계의 원인을 니체는 스스로 분석하고 있다. 아버지의 죽음 이후 그의 어머니는 평생을 독신으로 보냈는데 니체는 어머니의 수절이야말로 자신과 누이를 불행하게 만든 원인이라고 말하고 있다.

"나의 어머니가 자신의 생애에 대해 처신했던 일(수절)은 내 삶과 관계가 있다. 그것은 내 자신의 삶과 누이의 삶에, 그리고 우리와 접촉하는 그 모든 사람들의 삶에 엄청난 피해를 끼쳤다. 만약에 나의 어머니가 우리들의 집에서 사랑을 폐쇄해서 누이와 나로 하여금 우리 자신들 사이에서 사랑을 찾아내도록 강요하지 않았던들 극도로 불행한 삶을 영위했던 우리 두 사람은 적어도 지상에서 어떤 행복을 발견했을 것이다."

1861년의 니체.

폐쇄된 공간에서의 금지된 사랑. 니체와 누이 엘리자베드는 서로의 필요에 의해 사랑을 발견했다. 그러나 그 사랑은 현실적으로 용납될 수 없는 근친상간이었다. 엘리자베드는 줄곧 니체를 따라다니며 그를 보살폈다. 후에 니체가 정신병 발병으로 입원해 있을 때에도 니체는 엘리자베드의 간호를 받았고 그의 임종을 지켜준 사람도 다름 아닌 엘리자베드였다.

엘리자베드는 니체를 보살펴주고 함께 생활했지만, 다른 한편에서는 니체의 원고를 마음대로, 혹은 니체가 모르게 빼돌리거나 그의 편지들을 개작하곤 했다. 이러한 일들로 종내는 니체의 신화가 만들어졌으며, 그 신화들을 만든 주인공은 다름 아닌 엘리자베드였다.

첫번째의 작곡과 시작詩作

니체의 가족들은 1850년 아름다운 목사관을 떠나 나움부르크로 이사했다. 그들의 다음 주거지가 나움부르크로 정해진 것은 니체의 할머니와 고모들이 그곳에서 생활한 적이 있기 때문이었다. 또한 몇몇의 친지들이 아직 그곳에서 생활하고 있었기에, 전혀 낯선 고장보다는 적응하기 수월하리라는 생각 때문이었다. 하지만 아직 어린 니체에게 생활환경의 변화는 참으로 견딜 수 없는 일이었다. 뢰켄의 아름다운 목사관에 비해 나움부르크의 생활조건은 너무나 보잘 것 없었다. 나움부르크라는 도시 자체가 안고 있는 폐쇄성도 어린 니체에게는 숨이 막힐 정도로 답답하게만 여겨졌다.

"우리들이 비좁은 거리의 살림에 익숙해지는 데는 한참이 걸렸다. 자레 강변에 있는 나움부르크는 그 당시에는 주변에 주택지도 없어 지금처럼 활기찬 도시가 아니었다. 시가지 주변에는 성벽이 있었으며 다섯 개의 문이 사방을 지키고 있었다. 밤부터 아침 다섯 시까지는 시가지 전체가 외부로부터 차단되었다. 그러므로 친구의 포도원이나 별장에서 놀다가 돌아올 때는, 머잖아 문이 닫힌다는 종이 울리면 걸음을 재촉해야 했다."

당시 니체의 내면은 두꺼운 지각에 덮여 분출구를 찾아 꿈틀거리는 용암과 같은 모습이었다. 그를 억누르는 지각은 프로테스탄트적인 엄격한 가정환경, 극성스러운 고모들과 할머니, 그리고 도무지 적응하기 어려운 도시라는 조건들이었다. 니체는 종교적, 도덕적으로 지나치게 엄격하여, 어딘가 어색해 보이기조차 하는 가정환경에서 성장했다. 어린 니체는 당시 가정환경이 요구하는 바를 비교적 성실하게 따랐다. 니체는 열심히 교회에 나갔으며, 친구들 사이에 '꼬마 목사'라는 별명을 얻기도 했다. 그러나 폐쇄적 도덕의 억압을 내면에까지 받아들인 것은 아니었다. 그의 내면은 억압에 대한 반발과 불만으로 가득 차 있었다.

"성서는 내 유년시절의 책이었다. 내가 미처 딴 책에 마음을 두기도 전에 나는 그 속에서 심각하게 읽고 사고했다. 물론 나는 그것을 강요에 의해 읽

1864년의 니체.

어야만 했으나 그 점을 유감으로 여긴 적은 한 번도 없었다. 성서에 대한 나의 철저한 집착과, 온갖 종교적 행사에 대한 나의 열성적인 참여는 이웃 아이들이 나를 '꼬마 목사'라고 부르게 만들었다. 목사는 우리 집안에선 퍽이나 높은 존경을 받는 대상이었기 때문에, 이 별명이 결코 찬양의 뜻만을 내포하지 않았음을 알게 된 것은 훨씬 후의 일이었다.

이 세상엔 자기들의 종교적 회의주의가 종교적 도그마로 과도하게 짓눌린 상태에서 생겨난 것이라고 주장하는 사람들이 있는데, 이들의 대부분은 무신론자들이다. 나의 경우는 그들과는 전적으로 달랐다. 아무리 종교적 열정이 우리 집안을 지배하고 있었을지라도, 게다가 거기엔 종교가 결코 결여된 것이 아니었는데도 나는 살기 위해 숨을 쉬어야만 하는 것처럼 공기를 받아들이는 것과 똑같은 느낌으로 그걸 받아들였던 것이다."

이를테면 니체의 집안을 지배하는 종교적 강압이 니체를 무신론자로 내몬 것은 아니라는 말이다. 니체는 할머니의 명령으로 시립초등학교에 들어갔다. 그러나 그곳에서 접하게 되는 세계는 니체에게 너무 거칠고 강제적인 것이었다. 니체는 아이들과 떨어져 혼자 놀았으며 성격도 점차 내성적으로 변해갔다.

소년 니체는 다시 한 번 환경의 변화를 겪게 되는데, 이번의 변화는 그야말로 구원과도 같았다. 니체의 할아버지가 니체를 공립학교에서 사립학교로 전학시켰던 것이다. "이놈처럼 타고난 학자는 적어도 학문에 있어서 마음대로 할 수 있어야 해"라고 오엘러 할아버지가 초연하고 온후한 태도로 이렇게 말했던 것이다.

Du Unfaßbarer

니체의 시 「미지의 신에게」.

이 사립학교에서 니체는 구스타프 크루그와 빌헬름 핀더를 사귀었다. 이 둘은 모두 할머니의 교제 범위 내에 있었던 법률가의 자제들이었다. 이 친구들의 아버지는 모두 강한 예술적 성향을 지니고 있어서, 니체는 이들로부터 자기 아버지에게서 얻을 수 없었던 여러 가지를 구하게 되었다.

핀더의 아버지는 니체에게 괴테에 대해 눈뜨게 해주었고, 크루그의 아버지는 멘델스존과 당대의 다른 음악가들의 벗으로서 니체에게 음악적 소양을 키울 수 있도록 영향을 주었다. 니체는 두 친구들의 집을 자주 드나들며 이 두 사람의 영향으로 문학과 음악에 빠져들 수 있었다. 문학과 음악은 바로 니체의 철학이라는 용암이 분출하는 분화구의 구실을 하였다. 니체는 남달리 문학과 음악에 재능을 나타냈으며, 이 무렵부터 시를 쓰거나 작곡도 하였다. 같은 또래의 아이들과 어울리는 일 없이 혼자 글을 쓰거나 책을 읽으며 지내기 일쑤였다.

"어떤 우연한 일이 인연이 되어서, 나는 아홉 살 때 음악에 열중하게 되었다. 더구나 막 시작했을 뿐인데도 대뜸 작곡도 해냈다. 그러나 작곡이라고는 하지만, 흥분한 어린이가 화음이나 서로 좋아하는 음들을 종이에 쓰거나, 혹은 성서의 일절을 환상적인 피아노 반주에 맞춰 노래를 불러보거나 하는 것을 작곡이라고 말할 수 있다면 말이다. 이 음악과 같은 정도로 나는 훌륭한 시도 많이 썼으며, 데생도 하고 그림도 그렸다.

내가 처음 시를 지은 것도 이 무렵이었다. 처음으로 쓰는 시에서는 주로 자연의 정경을 묘사하는 것이 보통이다. 어린 마음은 대개는 자연의 거대한 모습에 감동하며, 그럴 때는 누구나 이 감동을 시로 쓰고 싶은 것이다. 나의 경우에는 섬뜩한 바다의 모험이나 불을 뿜는 뇌우가 시의 최초의 제재였다. 나에게는 본보기가 없었으며, 어떤 한 시인을 흉내낸다는 것은 생각조차 하지 못하였다. 나는 내 영혼이 시키는 대로 써 나갔을 뿐이다. 물론 시구들은 설익은 관념으로 서걱거리고, 언어들은 조악하였다. 하지만 조그마한 시집 하나를 써서 사람들 앞에서 낭독하는 것이 나의 변함없는 꿈이었다.

이 하찮은 자부심을 나는 지금도 가지고 있다. 그러나 그 무렵에는 이러한 공상만을 지니고 있었을 뿐이며 실제로 그러한 일에 착수하는 경우는 드물었다. 나는 각운과 운율을 잘 사용할 줄 몰라, 그 연습을 해보기도 하였지만 별다른 진척을 보지 못했다. 결국 나는 운을 무시한 시만 썼던 것이다. 지금도 내게는 그때의 시가 몇 편인가 있다. 그 중의 하나는 행복의 덧없음을 읊은 것이다. 카르타고의 폐허에서 한 나그네가 잠시 졸고 있다는 구상으로 된 것이다. '꿈의 신이 나그네의 이마에 옛날의 행복을 잠시 표시해 주었다.

그리하여 저 운명적인 붕괴가 도래한다. 그리고 최후에 나그네는 꿈에서 깨어난다.' 대개 이러한 것들이었다. 이밖에도 이 무렵의 작품을 나는 많이 가지고 있으나, 시흥詩興에 넘치는 것들뿐이다."

이 진술에는 감수성과 뛰어난 재능, 그리고 무엇인가 독특한 것을 창조하려는 강한 충동이 나타나 있다. 또한 약간의 자부심과, 서투른 얌전함이 숨겨져 있기도 하다. 14세에 쓴 이 글에는 분명 자신의 시에 만족하고 있는 소년의 당당한 목소리가 들어 있다. 그러나 훗날 니체는 이 어린 시절의 시들에 대해 다음과 같이 말했다.

니체가 쓰고 작곡한 「어부아가씨」.

"그것들을 한 번 흘낏 보는 것만으로도, 내가 그토록 흐리멍덩하고 진부한 것을 썼다는 사실이 도저히 믿어지지 않았다. 만약에 내가 그것을 수중에 넣을 수 있었다면 나는 그것을 대번에 찢어 버렸으련만. 하지만 엘리자베드는 약삭빠르게 그것들을 자기 트렁크 속에 도로 넣어 버렸다. '이건 내 거예요.' 그녀는 말했다. '기억 못하세요? 오빠 날 위해 이걸 썼단 말이에요. 내가 오빠의 사랑을 위해 간직하고 있는 것은 이게 전부예요.'"

니체는 성당 부속 고등학교에 핀더와 크루그와 함께 입학했다. 이 학교는 대학 입학을 준비하는 곳이었다. 니체는 두 친구들과 누이 엘리자베드와 함께 서클을 만들었다. 그 중심은 언제나 니체였다. 이 서클에서 니체는 스스로 여러 가지 놀이를 창안하고 언제나 놀이의 대장노릇을 했다. 그의 정신은 활발하고 창의적이고 독자적인 것이었다. 그리고 또 다른 면에서 그의 정신은 정적이고 사색적이었다.

당시 니체의 생각과 태도가 얼마나 독자적이었으며, 자신이 다른 사람과는 다르다고 하는 의식이 얼마나 강하게 어린 마음에 새겨져 있었던가를 알 수 있다. 고독과 예술에 대한 강력한 집착. 새 환경에 적응하기 어려워하는 것. 마음 맞는 자들만의 조그마한 그룹을 만들어 통솔하는 것. 말에 대한 섬세한 감수성. 이 모든 니체만의 것들이 벌써 어린 시절부터 그의 생활에 선명히 나타나는 것이다.

성당 부속 고등학교에 다니던 중 니체는 시험을 치러 슐 포르타의 고등학교에 들어갔다. 이 학교는 한때 사토바의 수도원이었으나 1543년에 새로운 사상과 경향에 따라 일반적인 교육기관으로 전환하였다. 니체는 이 학교 교장에게서 장학생으로 입학해줄 것을 권유받았다. 니체는 오래 전부터 슐 포르타 학교에 대해 매력을 느끼고 있었으므로 물론 기뻐하였다. 니체는 나움부르크를 떠나 슐 포르타로 갔다. 이것으로 사실상 니체의 유년은 끝나게 된다.

낭만주의의 아들

신앙의 상실에 수반되는 고통은 예술의 탄생을 위한 산고産苦가 될 수 있으리라

조용하고 고통 없는 해방, 신앙 상실

슐 포르타는 노발리스, 피히테, 슐레겔 등이 거쳐 간 최고 수준의 전통을 지닌 학교였다. 약 200명의 학생들이 인격과 학문을 닦기 위해 이 학교에서 생활하고 있었으며, 그들은 근면과 훈련을 강조하는 교육방침을 따르고 있었다. 모든 학생들은 기숙사에서 생활했는데, 학교는 매우 아름답고 풍요한 골짜기의 외딴 곳에 자리잡고 있었다.

슐 포르타에서의 생활은 철저하게 규칙적이고 엄격한 것이었다. 어린 나이에 기숙사에 들어가는 모든 학생들이 그러하듯 니체도 일종의 향수병에 걸렸다. 그러나 이 향수병보다 더 니체를 우울하게 만든 것은 틀에 박힌 생활양식이었다. 니체는 자신의 내면생활을 할 수 없는 것을 가장 못 견뎌하였다. 슐 포르타의 정신적 압박에서 벗어나기 위해 니체는 방학 때 나움부르크

에서 자그마한 예술적인 모임인 '게르마니아'를 만들었다.

니체와 친구인 크루그와 핀더 등을 회원으로 하는 이 모임은 매달 작품을 한 편씩 발표하는 것을 원칙으로 정하고 있었다. 이 모임에서 니체는 자신이 작곡한 음악이나 음악평과 몇 편의 시를 발표하였다. 그 제목을 알아보는 것도 니체를 이해하는 데 어느 정도 도움이 될 것이다.

그가 작곡한 음악으로는 「크리스마스 오라토리오를 위한 서곡과 코러스」 「고통은 자연의 기본이다」 「크리스마스 오라토리오를 위한 두 목자의 코러스」 등이 있으며, 가요로는 「시냇물이 골짜기를 흘러 간다」 「청년시대에서」 「깊은 밤의 종소리」 등이 있다. 그가 쓴 시로는 「지그프리트」 「앨마나리히 죽음」 「바닷가에서」 등이 있으며, 그 밖에 「세르비아의 민요 번역」 등 번역문 몇 편과 논문 몇 편이 있다.

'게르마니아'는 여러 차례에 걸쳐 작품을 발표하고 토론을 하였으나, 1863년 여름에 마지막으로 모임을 갖고 해산되었다. 회원들이 고등학교 졸업 시험에 대비해야 하고, 대학 입학을 위한 준비로 마음의 여유가 없었기 때문이다. 이들은 대학에 들어간 뒤 '게르마니아'를 다시 부활시킬 것을 약속하고 해산하였으나 '게르마니아'는 그 후에 다시 부활되지 못하였다.

니체는 슐 포르타에서 새로운 한 명의 벗을 얻었다. 파울 도이센이다. 그는 그 후에도 줄곧 니체의 정신적 벗이 되어주었다. 그들의 친교는 부활제 입교식에서 비롯되었다. 도이센의 『프리드리히 니체의 추억』 이라는 책에는 다음과 같이 기록되어 있다.

"우리 사이에 새로운 우정이 싹트게 한 것은 1861년 장미의 일요일(부활제 전 제3요일)에 함께 받는 견신례였다. 견신례를 받는 소년은 둘씩 제단 앞으로 나아가 무릎을 꿇는다. 나는 니체와 함께 가장 친한 친구로서 무릎을 꿇었다. 그때 우리들의 마음은, 그리스도 곁으로 가기 위해서라면 지금 당장 죽어도 좋다는 기분이었다. 우리의 사고와 감정과 행동도 모두 이 세상의 것이 아닌 것으로 빛나고 있었다. 그러나 그런 종교적인 신념은 인공적인 것에 지나지 않았다. 신앙심은 어느덧 역사적, 비판적 방법에 의해서 붕괴되어 갔다. 슐 포르타에서는 이러한 역사적, 비판적 방법으로 고대 그리스나 로마의 작가들을 다루었다. 그러한 방법은 자연히 성서의 영역까지 전염되었던 것이다."

슐 포르타는 여러 학문을 가르쳤지만 특히 고전 문헌학의 논리적 교육으로 유명한 곳이었다. 도이센이 말했듯이 고전과 성서에 대한 논리적, 비판적 교육은 결과적으로 니체에게 기독교에 대해 회의를 품도록 만들었다. 그의 신앙 붕괴는 결코 돌연한 형태로 나타나지 않았으며 어떤 특정한 외적 체험이나 내적 갈등이 있었던 것도 아니다. 기독교에의 회의와 거부는 서서히 진행된 것이다. 니체는 훗날 이 변화를 "조용하고 고통 없었던 해방의 과정"이라고 술회하기도 하였다. 어쨌든 니체에게는 신앙 상실과 대응할 만한, 현실적으로 중요한 의미를 지니는 사건이란 아무것도 존재하지 않았다.

니체의 무신론에 대해 『아웃사이더』의 작가 콜린 윌슨은 니체의 편지를 인용하며, 그를 신앙가라고 말하였다.

"기독교란 것이, 역사적 인물이나 사건을 믿는 것이라면 내게 그런 것은 필요 없다. 그러나 그것이 구제의 필요를 뜻하는 것이라면 존중할 만한 것이다."

위 글은 니체가 호전적인 무신론자였을 21세 때 친구에게 보낸 편지이다. 이 편지에 대해 콜린 윌슨은 다음과 같이 말하였다.

"니체를 신앙가로 보아야 할 이유가 바로 여기에 있다. 그는 이른바 구제의 필요를 무엇보다 절실하게 느끼고 있었던 것이다. 물론 우리는 제주이트 교파의 신학자와 동조하여 니체의 이단설은 해독이 많은 혐오할 만한 것이라고 이의를 제기할 수도 있겠으나, 구제의 필요를 말할 때의 그의 성실성을 의심할 수 없는 것이다."

콜린 윌슨은 니체를 신앙가로 보고 싶어 했다. 그러나 니체는 39세에 『차라투스트라는 이렇게 말했다』를 쓰면서 다음과 같은 폭탄선언을 하였다.

"신은 죽었다. 사람에 대한 동정으로 말미암아 신은 죽었다."

이 말은 주의 깊게 해석되어야 한다. 니체는 처음, 신이 사람을 구제해주기 때문에 존재할 만한 가치가 있다고 생각하였다. 그러나 훗날 그 구제를 다만 동정이라고 판단하였다. 그 동정이야말로 '신에게 내재하는 지옥'이라는 것이다.

"신과 신들에게서 멀어지라고 나를 유인한 것은 나의 창조적 의지였다. 만일 신들이 존재한다면, 도대체 창조할 무엇이 남아 있단 말인가."

니체의 주장이란, 창조자인 신이 동정에 정신을 빼앗겨서 자유로운 창조 행위를 잊어버렸기 때문에, 신이 신일 수 있는 근거가 없어졌다는 것이다. 사람의 처지에서 보면, 사람의 약점을 동정하는 신은 창조의 지침으로 삼기에는 부족하다. 니체가 신을 부정하는 이유는 일면에서 보면 너무나 자신의 창조 행위를 사랑했기 때문이기도 하다.

슐 포르타에서는 고전작가에 대한 지식을 충분히 가르쳤으나 그 무렵 니체는 낭만주의 시들에 친근감을 갖고 있었다. 그가 최대의 사랑과 존경을 느꼈던 시인은 당시 아직 사람들에게 알려지지 않았던 횔덜린이었다. '나의 애호하는 시인의 시를 읽게끔 권하는 벗에의 편지'는 니체의 드높은 문학적 취향과 시를 감상하는 뛰어난 능력을 말해주는 훌륭한 증거이다.

"횔덜린의 시는 독일 사람들에 대해 심한 말을 하고 있다는 점이 현저하게 눈에 띈다. 그것도 유감스럽지만 횔덜린이 말한 그대로라는 것을 인정하지 않을 수 없는 경우가 너무나 많지 않은가. '히페리온' 속에서도 그는 독일적 야만성에 대해 신랄한 말을 던지고 있지만, 그러나 현실에 대한 이 혐오는 큰 조국애와도 융합할 수가 있다. 그는 진정 큰 조국애를 지니고 있으며, 다만 그는 독일 사람이 지니고 있는 단순한 전문적 기질과 편협한 속물근성만을 싫어했을 뿐이다. 다만 내가 바라는 것은, 그리고 이 편지가 전달하고자 하는 것은 그대가 이 편지에 의해 독일 사람들에게는 거의 이름조차 알려지지 않은 저 시인에게 다소나마 관심을 갖게 하고, 편견 없는 평가를 해주기를 바랄 뿐이라는 것이다."

이 편지는 니체가 17세에 쓴 것이다. 당시 독일 사람들이 횔덜린을 알기 전보다 50년 정도 앞선 것이었다. 니체가 이처럼 빨리 횔덜린을 평가하게 된 데는 니체 자신이 횔덜린과 유사하다는 점도 무시할 수 없을 것이다. 비범한 말투, 낭만주의적 이상주의, 예리한 애정에 의한 독일인 비판, 게다가 절박한 정신착란증에 의한 정신적 긴장 문제. 이 모든 것을 잘 이해했으므로 니체는 횔덜린에 공감하였을 것이다. 그리하여 모든 횔덜린에 대한 이해와 관점들이 니체 자신의 세계관이기도 하며, 또한 니체를 더 잘 알 수 있는 이차적 증거이기도 하다.

낭만주의 완결자이자, 그 극복자

횔덜린과 앞으로 알게 되는 쇼펜하우어, 그리고 바그너에게 빠져 있던 니체는 분명 낭만주의의 아들이었으며, 이들에게서 받은 영향을 빼놓고는 니체를 제대로 알 수가 없을 것이다. 그가 어떠한 방법으로 낭만주의의 숲에서 호흡하였는가, 그리고 어떻게 그 울창한 낭만주의의 숲을 벗어나 독자적인 숲을 조성하게 되었는가 하는 문제는 그의 정신의 발달 과정을 이해하는 중요한 요소이기도 하다. 그는 자신의 낭만주의를 극복하기 위해 의식적으로 노력하였다. 그리하여 니체는 낭만주의의 완결자인 동시에, 그 극복자가 되었다.

슐 포르타 고등학교에서 니체는 몇 가지 에피소드를 만들었다. 기숙사에서 하급생들이 고대 로마의 영웅 무테아스 스카보라의 이야기를 하면서 한 학생이 "정말 그렇게 팔을 불 속에다 넣을 수 있을까? 실제는 불가능하겠지"라고 의심쩍은 투로 말했다. 이 말을 듣고 니체는 "어째서 불가능하단 말인가?"라고 반문했다. 그러고는 손바닥에 성냥개비를 한 움큼 올려놓고 불을 붙였다. 하급생들은 놀란 나머지 표정이 굳어졌다. 그 순간 반장이 달려와 불을 떨어뜨렸지만 이미 손은 화상을 입은 후였다. 또 하나의 에피소드는 술에 관한 것이었다. 19세였을 때였다. 니체는 자신의 음주 행위가 엄청난 탈선행위라도 되는 듯이 그 일을 어머니에게 사과하고 고민했다. 당시에는 매우 중

대한 사건으로 여겼을 이 일을 훗날 그는 다음과 같이 적고 있다.

바그너.

"난생 처음으로 술을 마셨던 때가 19세였다. 그리고 그럴 때마다 나는 그에 대한 편지를 어머니께 써서 보냄으로써 비위를 맞춰야만 했는데 나는 그 편지 속에서 제발 소문이 나지 않게 해달라고 애원했다. 그녀의 앞치마에 나를 묶어놓은 매듭은 그토록 단단했던 것이다."

이토록 후일에 불만을 토로하게 되는 편지의 내용은 다음과 같은 것이다.

"사랑하는 어머니, 나는 대단히 큰일을 저질렀습니다. 어머니께서 용서해 주실는지 모르겠습니다마는, 제 지각없는 행동에 화를 내면서 펜을 들었습니다. 실은 지난 일요일 저는 술에 취하여 엉망이 되었습니다. 제 주량이 얼마나 되는가를 제 자신이 몰랐다는 것과, 그날 오후 좀 흥분하고 있었다는 것밖에는 달리 변명할 말이 없습니다. 학교에 돌아오자 교무주임께 들키고 말았습니다. 제가 매우 낙심하고 우울한 상태에 빠져 있다는 것을 짐작하여 주실 것으로 믿습니다. 무엇보다도 여태까지 없었던 이런 무안한 일로 인해 어머니에게 걱정을 끼치게 된 것이 괴롭습니다. 아무쪼록 저에게 엄격한 꾸중의 말씀을 보내주십시오. 저는 마땅히 꾸지람을 들어야 합니다."

이런 편지와 주변 사람들이 말하는 니체의 생활을 종합하면, 그는 한마디로 모범생이었다. 니체는 집단 내에서 두드러져 보이지도 않았고 그렇다고 큰 말썽을 저지르지도 않았다. 한마디로 극히 평범한 학생이었던 것이다. 그런데 니체를 간단히 모범적 학생이라고 단정하기에 좀 꺼림칙한 사건이 있다. 이는 니체에 대한 많은 세평에는 나와 있지 않은 이야기인데, 니체 자신이 『나의 누이와 나』에서 고백하고 있는 것이다. 이 사건이란 서른 살인 백작부인과의 사랑이었다. 그러나 이 관계를 사랑이라고 표현하기엔 지나치게 정신적인 유대가 두 사람 사이에 결핍되어 있었다는 점을 지적할 수 있다. 니체 자신도 이 여인과의 관계에 대해 "사랑과 성욕의 차이를 내게 가르쳐준 사람은 바로 백작부인이었다"는 말로 그들의 관계를 설명한다.

"내가 백작부인을 처음 만났던 것은 포르타에서였다. 그리고 우리가 처음으로 서로 이끌렸던 것은 훔볼트에 대한 공동의 관심이었다. 적어도 나로선 그녀가 훔볼트에 관한 나의 정열을 공유하고 있는 것으로 생각했다. 그러나 겨우 열다섯 살이었던 나는 여자들이란 도대체 자궁을 통해서만 생각한다는 것, 따라서 저들은 자궁 속의 불을 끄기 위해선 무엇이나, 심지어 훔볼트조차도 거머잡는다는 것을 나는 깨닫지 못했던 것이다.

백작부인은 비상한 침착성으로 간통의 고뇌를 견디고 있었다. 어떤 육욕적인 공포를 가지고, 경험 없는 나의 젊음을 관찰하면서 그녀의 마틴(그녀는 나를 루터와 동일시하고 싶어 했는데 그 때문에 그녀의 욕정에 대한 자극제가 하나 더 는 셈이었다)의 세련되지 못한 접근을 두려워하면서, 그리고 동시에 더욱더 왕성한 성적 폭발을 하도록 나를 점점 심하게 선동하면서 말이다.

그녀는 느릅나무의 어두운 그림자 속에 몸을 숨긴 채 나의 기숙사 밖에서 있곤 했다. 그러고는 마치 방울새처럼 부드럽게 휘파람을 부는 것이었다. 흡사 그녀를 인간에게서 떼어내어 그녀로 하여금 육체로부터 분리된 단순한 목소리로 만들어, 우주를 채우는 저 위대한 헨델 음악의 단 한 개의 음부로 만든 것 같은 그런 기묘한 새의 부름으로, 혹은 나의 그걸 슈만의 파우스트 음악이라고 말해야 할까. 왜냐하면 내가 훔볼트와 슈만 그리고 전원을 통과하는 고독과 산책을 한다는 사실을 알아냈기 때문에 백작부인은 그녀의 취미에다 슈만과 산책을 덧붙였기 때문이다.

그러나 외로운 산책을 하면서도 그녀는 노상 숲 속의 시내 옆에서 교묘하게 나를 발견하도록 꾀했으며 혹은 그렇지 않으면 산꼭대기에서 널따란 녹색 계곡을 내려다보며 수단껏 나를 찾아내곤 했다. 그녀의 내부에는 내가 가는 곳이면 어디를 막론하고 추적하는 경찰견 한 마리가 있었으니 나는 그녀로부터 도대체 아무 것도 숨길 수가 없었다. 나의 육체도, 정신도, 심지어 나의 영혼마저, 나를 붙들어 동시에 바위에 내던지려고 끈덕지게 날 찾아다니는 이 사이렌의 집착에서 벗어날 가망은 전혀 없었다."

이러한 기록은 그 진위의 문제를 간단히 단정할 수 없는 성질의 것이다. 『나의 누이와 나』의 진위 여부가 그러하듯이.

아무튼 니체는 모범생이었으며, 우수한 성적으로 포르타 고등학교를 졸업했다. 라틴어, 그리스어, 헤브라이어 등 어학에 뛰어난 성적을 올리고, 신학 과목도 우수한 성적을 받았다. 그리고 진지하고 분별 있는 태도는 교사의 칭송을 얻는 데 도움이 되었다. 다만 수학 성적은 별로 신통치가 않았다는데, 니체 자신도 수학을 "너무나 합리적인 학문이어서 권태롭기만 했다"고 말하기도 했다. 특별히 니체가 뛰어난 재능을 보인 학문은 고전문헌학 분야였다. 그는 포르타 고교 최종 학년 때에 「메가라의 데오그니스」에 관한 라틴어 논문을 썼다. 이 논문에 니체는 각별한 애정을 가지고 있었다. 그 까닭에 후일 라이프치히 대학에 가서도 이러한 주제를 계속하여 다루게 된다.

문헌학, 낭만주의의 극복책으로서

포르타 고등학교를 졸업한 니체는 본 대학으로 진학했다. 그러나 본 대학에서의 두 학기는 니체에게 실망만을 안겨주었다. 다만 대학이라는 외적인, 피상적인 모습만을 니체에게 보여주었을 뿐 정신의 진화를 이루는 데 아무런 자극도 없었던 것이다. 자극은 없었지만 포르타의 엄격한 훈육을 받아왔던 니체에게 본의 환경은 그야말로 드넓고 아름다운 자유와 같은 것이었다.

니체는 처음 그의 어머니의 의견을 따라서 신학부와 철학부에 적을 두었다. 그러나 차츰 거듭되는 기독교에의 회의에 의해, 신약성서의 원전비판 쪽으로 나아가기 시작하였다. 그가 가장 관심을 두었던 분야는 리칠과 야안 교수의 문헌학이었다. 그는 스스로 자신의 공부하는 방식을 선택하기도 했다. 고전문헌학 외에도 예술사, 교회사, 정치학 등의 강의를 들었다. 그가 특히 문헌학을 중심적으로 공부하게 된 이유를 훗날 니체는 다음과 같이 말했다.

"눈코 뜰 새 없을 정도로 변화하여 불안정했던 그때까지의 나의 여러 경향들에 대해서, 말하자면 그 동요를 누를 수 있는 무게를 지닌 추가 필요했던 것이다. 그래서 냉정한 숙고와 논리적 명석함과 보조를 어지럽히지 않는 면학으로써 해낼 수 있는 학문, 그 성과가 동시에 감동을 불러일으킬 만한 학문,

바로 그러한 학문을 바랐던 것이다. 그리고 그 모든 것은 문헌학을 다루기만 하면 이루어질 수 있다고 나는 생각했던 것이다."

1867년의 니체.

말하자면 니체는 자신의 낭만주의적 기질에 대한 방어책으로 문헌학을 선택했던 것이다. 그러나 그의 이러한 시도는 결코 성공했다고 할 수 없었다. 문헌학자로서 그의 최초의 저서 『비극의 탄생』 에서 자신의 낭만주의 기질에 대해 니체는 다음과 같은 글을 적고 있다.

"그러나 니체여, 만약 '그대의 책'이 낭만주의가 아니라면 도대체 무엇이 낭만주의란 말인가? 그대의 예술가적 형이상에 나타나 있는 것 이상으로, 현대 현실 근대 이념에 대해서 더 깊은 증오심을 불러일으키게 하는 것이 있을까? 그것은 1850년대의 비관주의의 탈을 쓰고 있지만 1830년대의 진정한 낭만주의자의 고백이 아닌가? 그 고백의 장소 뒤에는 이미 관례의 낭만주의자의 종곡終曲이 연주되기 시작하고 있다."

본 대학에서 니체는 또한 세상사와 인간사를 실제로 배워서 알고 싶다는 생각을 품었다. 그는 드디어 대학생조합 '프랑코니아'에 가입했다. 이 서클은 당시 이미 정치적 색채를 상실한 단순한 사교적 성격을 지닌 것에 불과했다. 대학생조합에 가입한 일에 대해 그는 어머니와 누이동생에게 거의 변명하는 어조로 다음과 같은 편지를 띄운다.

"나는 이번 독일 학생조합 '프랑코니아'의 회원이 되었습니다. 당신들의 놀라는 모습이 눈에 보이는 듯합니다. 이렇게 되기까지는 여러 사정이 있었으며, 별로 기분 상하실 일은 아닙니다. 나와 함께 일곱 명의 포르타 졸업생이 프랑코니아에 가입했습니다. 그리고 둘을 제외하면 모두가 본에 와 있는 포르타 출신으로 회원이 구성되어 있습니다. 물론 나는 입회를 결심하기까지 심사숙고했습니다. 우리들은 거의 대부분이 고전문헌학 전공이며 또한 음악애호가입니다. 프랑코니아는 독특하고 흥미 있는 분위기가 흐르고 있습니다. 선배들도 모두 내 마음에 들었습니다. 지금까지의 경험은 모두 유쾌하고 흐뭇한 일뿐입니다."

니체가 정말 심사숙고 끝에 이 대학생조합에 가입했는지는 의심스럽다. 처음 얼마간 그는 이 낭만적인 사교 서클이 자기에게 유익한 것이라고 매우 순진하게 믿고 있었다. 눈앞에 있는 것이 모두 믿어지지 않을 만큼 움직이고 있는 상태였고, 아무 제약 없이 그때그때의 충동에 따라 순간적인 쾌락을 탐하곤 했다. 장래의 희망을 떠나서 계획도 목적도 없이 마치 꿈속을 헤매듯이 그는 이 순간들을 흘려보냈던 것이다. 마침내 꿈속에서 깨듯 니체는 이 서클을 탈퇴했다.

이로서 니체는 '프랑코니아'와의 관계를 끝냈다. 그리고 남은 대학 기간을 쓸쓸하게 보낸 다음 나움부르크로 돌아왔다. 본 대학에서 보낸 1년은 그야말로 무의미하고 건조한 것이었다. 그는 자신이 본을 떠나오던 때를 회상

할 때 늘 '달아나는 사람 같았다'는 말을 썼다.

"나는 달아나는 사람처럼 본을 떠났다. 밤중이었다. 친구 무스하케가 라인강 기슭까지 전송해 주었다. 거기서 배를 기다리는 동안에도, 이처럼 아름다운 땅, 이처럼 활기 있는 곳, 그리고 많은 친구들과 헤어지게 되었음에도 불구하고 이상하게도 슬픔이 느껴지지 않았다. 차라리 나를 몰아낸 것은 실로 그 젊은 친구들이었다. 지금에 와서 생각하면, 선량한 사람들에 대해 공정을 잃은 말을 하고 싶지 않다. 그러나 그들 사이에서는 나의 본질을 발현할 수가 없었다. 그리고 나는 너무나 소심하게 껍데기 속에 틀어박혀 지냈으므로, 그들 사이에서 한 몫을 할 만한 힘을 가지고 있지 못했다.

나를 둘러싼 것들을 자유롭게 조종할 줄도 몰랐다. 처음에는 그저 관습을 좇아서 명랑한 대학생이 되려고 했다. 하지만 그것도 실패로 돌아갔다. 그러한 생활 위에 소란스럽게 떠돌던 시적인 분위기도 완전히 사라져 버리고 말았다. 그리하여 내 가슴에는 불안의 물결이 일기 시작했다. 결국 학업에는 성과를 올리지 못하고 사귈 만한 친구도 많이 얻지 못했으며, 신경통이 자주 일어나고 많은 빚만이 남아 있다는 느낌이 적잖은 부담이 된 것이었다. 비에 젖은 갑판에 서서, 본 시내의 등불이 차츰 멀어져 꺼져가는 것을 보면서 내 마음은 마치 도망자와도 같은 것이었다."

나움부르크에서 휴가를 마친 니체는 본을 떠나 라이프치히에서 공부를 계속하기로 결심했다. 그 까닭은 마침 니체의 본 대학 시절의 문헌학 교수인 리칠이 라이프치히 대학에 초청되었기 때문이기도 했다. 라이프치히의 분위기는 본에 비해 학구적이고 진지했다. 니체는 라이프치히의 독자적인 학풍에

순응하며 집중적으로 문헌학을 공부했다. 리칠 교수를 개인적으로도 알게 되었는데, 문헌학도인 니체의 입장에서 리칠과의 만남은 필경 하나의 행운이었다. 그는 리칠의 지도 아래서 체계적으로 문헌학을 공부했으며, 주목할 만한 업적을 내고 인정받게 되었다.

리칠은 니체에게 호의적이었고 니체는 리칠의 학자로서 권위를 인정하고 있었다. 니체가 리칠의 권위를 받아들인 것은 무엇보다도 리칠이 결코 편협한 인물이 아니었고 도리어 예술가적 성향의 인물이었기 때문일 것이다. 리칠의 학문적인 업적은 좀 거장적巨匠的인 점이 있었고, 심미적 감각도 매우 뛰어난 바가 있었다. 실로 니체는 이런 점들이 무척 마음에 들었으며, 니체의 학식의 중요한 부분은 이 스승의 영향으로 얻어진 것이었다.

리칠의 권고로 니체는 라이프치히에서 '문헌학 연구회'를 설립했다. 소년 시절에 '게르마니아'를 구성했을 때와 같이, 그곳에서도 니체는 동료들을 지도하는 입장에 섰다. 이 모임에서 처음 발표한 논문은 니체가 고교 시절에 쓴 「메가라의 디오그니스」였다. 강연이 끝난 뒤 니체는 논문을 리칠 교수에게 보고했다. 리칠 교수는 그 논문을 칭찬하며, 약간 고쳐야 할 곳을 지적해 주었다.

"이런 일이 있은 후, 나의 자부심은 커져서 벗들과 고리스까지 산책을 나갔을 때는, 하늘도 매우 쾌청하여 나는 그만 내 흐뭇함을 입 밖에 터뜨릴 뻔했다. 어느 카페에서 우리는 커피와 팬케이크를 먹었는데, 그때 나는 그만 더 이상 비밀로 할 필요가 없다고 여겨져, 그 동안의 내 신변에서 일어난 이야기를 모두 해주었다. 부러워할 겨를도 없이 다들 놀라며 듣고 있을 따름이었다. 그 후 얼마 동안 나는 마치 술 취한 것처럼 비틀거리며 돌아다녔다. 내가 문헌학자로 출세한다면 아마도 존경받을 것이라는 예감이 들어 무척 고무됨을 느꼈기 때문이다."

이 논문은 개작돼 출판되었다. 또한 학교의 현상논문에, 「아리스토텔레스의 저자 목록을 다룬 원전 비판적 연구」가 당선되어 문헌학계의 정기 간행물인 『라이니셴 무제움』에 몇 차례에 걸쳐 발표했다. 또 한편의 논문, 「지모니데스의 다나에의 노래에 관한 원고」도 출판되었다. 이렇게 니체는 문헌학계에서 두각을 나타내기 시작했다. 그의 연구 업적은 그에게, 아직 대학을 졸업하기도 전에 교수직이 제공되도록 만들었다. 교수직이라는 것을 니체는, 자기의 독자적 연구를 보장해주고 또한 사회적, 정치적으로 독립된 지위를 약속해 주는 생활로 보고 있었던 것이다. 그는 자신이 교수가 될 것을 믿고 있었으며, 한 점의 의심도 없이 교수가 되기 위한 준비를 했다.

"나는 여러 강의를 들었지만 단 한 권도 완전하게 필기한 것은 없다. 때로는 이 때문에 불안하기도 했지만 나에게는 다른 신념이 있었던 것이다. 원래 내가 관심을 둔 것은 강의의 제목이 아니라, 교수가 그 지식을 학생들에게 전달하는 방법과 형식이었다. 다른 학생들과는 달리 나는 어떻게 해서 교수가 되느냐 하는 것을 배우려 했다. 그리고 그러한 태도의 지주支柱가 되어준 것은, 사람들이 대학교수에게 요구하는 지식이 나에게 부족하지 않다는 자신감이었다. 어째서 그런 자신감을 가지게 되었을까. 그 근거는, 독자적인 방법에 따라서 필요한 지식은 반드시 흡수하는 나의 기질에 있었다. 지금까지의 경험은 이 신념을 뒷받침해 준다. 지금 내 앞에 있는 목표는 참으로 유능한 교수가 되는 것이다. 특히 학문의 목적 대상 방법을 파악하는 능력을 청

쇼펜하우어.

년들에게 깨우쳐주려는 것이다."

이러한 문헌학 공부도 니체가 훗날 철학으로 나아가는 길을 암시하고 있다.

쇼펜하우어와의 만남, 철학에의 진입

문헌학을 연구하면서도, 철학의 길을 암시하고 있었던 니체가 철학에 결정적으로 기울어지게 된 것은 쇼펜하우어의 책을 읽은 게 계기가 되었다. 라이프치히에서의 첫 학기에 니체는 쇼펜하우어와 만났다. 니체가 쇼펜하우어에 매혹되었던 것은 그 소박한 단순성과 열정 때문이었다고 훗날 술회했다. 실로 니체는 본 대학에서 엉망으로 망쳐버린 자신의 젊음을 보상받기라도 하듯이 쇼펜하우어의 책을 읽었다. 니체 자신의 입을 통해서 쇼펜하우어와의 만남에 대한 그의 감격을 직접 들어보자.

"그 무렵 나는 쓰라린 경험과 실망을 가슴에 지니고서 의지할 데 없이 방황하고 있었으며, 뚜렷한 신조나 즐거운 추억도 하나 없었다. 나만의 독특한 생활을 구축하려고 노력을 계속하였기에, 나는 본에서, 과거에다 나를 매어놓고 있는 마지막 끈마저도 끊어버렸다. 나는 나와 저 학생조합 사이에 맺어진 유대를 모조리 끊어버렸으며, 다행히 하숙집은 한적한 곳에 있었기에 나는 내 자신에다 생각을 집중시킬 수가 있었다. 친구와의 접촉은 겨우 무스하케와 게르스도르프 등 두 사람 정도였다. 이 두 친구는 제각기 나와 같은 의도로 나와 사귀고 있었다.

이런 상태에 있었을 때 쇼펜하우어의 저서 『의지와 표상으로서의 세계』를 읽었다고 생각해 보라. 도대체 어떻게 될 것인가. 그 무렵 어느 날 나는 늙은 론씨의 헌책방에서 이 책을 발견하여, '어떤 책인가를 전혀 모르겠구먼' 하면서도 이것을 마구 펼쳐 넘겨보았다. 어떤 악마가 내 귀에다가 '이 책을 사가지고 가라'고 속삭였는지 모르지만, 어쨌든 나는 이 책을 (책을 서둘러서 사지 않는) 보통 때와는 달리 즉석에서 사 가지고 집으로 돌아 왔었다.

하숙집에 돌아와서 나는 바로 이 귀중한 획득물을 손에 들고서 소파 구석에 처박혀, 정력적이고 음울한 저 천재의 마력에 나를 맡긴 채로 내버려 두었다. 어느 구절이나 체념과 부정과 절망을 부르짖고 있을 뿐이었다. 그것은 인생과 내 속의 정서를 장대하게 비춰주는 거울과도 같은 것이었다. 모든 이해득실을 떠나서 바라보는 태양과도 같은 예술의 안목이 나를 비쳐보이고 있었다. 거기서 나는 질병과 쾌유, 추방과 피난처, 지옥과 천국을 보았다. 자기 인식의 필요가, 아니 자기 자신을 샅샅이 뒤지고 씹어보고 싶은 필요가 나에게 맹렬하게 엄습해 왔다. 지금도 역시 그때의 침착하지 못한 침울한 일기의 몇 페이지를 읽어보노라면 부질없는 자기 비방과 자기라는 사람을 신성화시켜 개작해 버릴 수 있는 전망이 서지 않아 개탄하면서, 그때 갑자기 내가 다른 사람이 되어 버린 것을 알 수 있었다.

나라고 하는 사람의 모든 특징과 지향을 일종의 음울한 자기 경멸이라는 법정에 끌어내어 놓았기 때문에 나는 가혹하리 만큼 부당하게, 마구 자기 혐오에 이끌려갔던 것이다. 게다가 몸마저도 몹시 멍들어 버리게 되었다. 두 주일 동안이나 나는 매일 밤 두 시에 이르러서야 겨우 잠자리에 들었으며, 아침 여섯 시에는 이미 잠자리에서 일어나 있을 정도로 안절부절못하는 흥분 상태가 나를 사로잡아서, 일상생활의 자질구레한 유혹과 명예심과 규칙적인 공부에의 강박관념이 제동을 걸어주지 않았던들, 얼마나 심한 어리석음을 저지르게 되었을지 모를 정도였다."

쇼펜하우어는 독일 철학자로서는 아주 드문 한 특성을 지니고 있었으니, 그는 매우 뛰어난 저술가였던 것이다. 그는 사물의 현실적 본질을 인식하고, 이성理性이란 무능한 것임을 주장했다. 이성은 기껏해야 수단과 같은 것이며, 이것을 사용해서 사람은 자기의 의지로 세운 목표에 도달할 수가 있을 뿐이다. 사람은 또한 자기 구원의 능력을 가지고 있으며, 그것은 두 가지로서 하나는 도덕적 행위 즉 의지의 포기이며, 다른 하나는 미美의 직관이다.

쇼펜하우어에게는 예술이라는 형식은 보편적 가치를 지닌 것이지만, 그 중에서도 음악은 절대적인 위치를 차지하고 있는 것이다. 음악이란 사물의 현실성과 본질의 직접적인 표현인 것이다. 음악은 우리에게 통찰과 인식을 부여하지 않지만, 음악이 울리고 있는 동안, 우리로 하여금 공간과 시간과 인과적因果的인 모든 것과 거추장스러운 욕구에서 해방시켜 준다. 그러나 이러한 미적 체험은 결코 오래 지속되지 않는다. 그것은 삶의 무거운 짐과 자연적인 요구에서 궁극적으로 우리를 해방시켜 주는 힘을 갖고 있지는 못하다. 그와 똑같은 타인의 행복을 바라는 도덕적 행위 또한 우리를 구원할 수가 없다. 다만 개인적 금욕, 자기 의지의 전적인 단념이나 말소, 이것만이 생존의 불길한 상태에서 도망칠 수 있는 길인 것이다.

이 페시미즘이 바로 니체를 매혹시킨 것이다. 이것은 그의 고립과 독립주의에 어울렸다. 이 가르침의 미적인 것과 도덕적인 것에 얽매이지 않는 종교적인 것까지 니체 자신의 욕구에 맞았던 것이다. 쇼펜하우어는 범속한 사람들을 속물이라고 부르고, 천재적인 무리에 관해서는, 그들이 다른 무리들과는 다르기 때문에 사회적 현실성과의 접촉을 상실하고 자연적 사물을 대할 때에는 어떻게 해야 좋을지 몰라 당황한다는 것을 증명해주고 있다. 아마도 젊은 니체에게는 이것이 자기 자신에 대한 확증처럼 읽혀졌던 모양이다. 쇼펜하우어와의 만남은 니체에게 진실로 내면적인 생활을 하게 만들어 주었으며, 그의 내면에 도사리고 있는 정령을 불러일으켜 그것에다 날개를 달아 주었다.

니체는 갑자기 정신적인 성숙을 맞았으며, 사물이나 사건을 대하는 신선한 충격과 그것을 표현하는 예리한 필치를 터득했다.

"어제 무거운 구름이 하늘을 뒤덮고 있었으며 나는 근처 로이치라는 언덕으로 걸음을 재촉하고 있었다. 언덕 위에는 한 채의 오두막집이 있었는데, 한 사나이가 어린 산양 두 마리를 죽이고 있는 것을 그의 어린 아들이 지켜보고 있었다. 그 때 하늘이 깨어지는 듯한 천둥소리와 함께 폭풍우가 휘몰아치며 벼락과 우박이 쏟아졌다. 나는 형언할 수 없는 안정감과 열광을 느꼈다. 번갯불과 폭풍은 다른 세계이며 선악을 넘어선 자유의 힘인 것이다. 지성의 혼란에 감염되지 않은 순수 의지, 그것은 얼마나 행복하며 자유로운 것일까."

이러한 니체의 기록에 대해 콜린 윌슨은 이 체험이 그의 사고법에 미친 영향을 다음과 같이 말했다. 즉, "여느 때라면 피를 보는 것은 불쾌감을 일으키게 마련이지만 이 때엔 피 냄새, 새파란 칼의 번쩍임, 정신없이 바라보는 아이들의 장면에 폭풍의 홍분이 겹쳐져, 그 결과 정신적인 괴로움과 혼란에서 벗어난 순수한 의지가 돌연히 직관되는 것이다. 그것은 니체의 가장 큰 문젯거리였던 '사고로 멍든 성품'에서 그를 해방시킨 직관이었다"라고.

아무튼 니체의 젊은 시절 쇼펜하우어와의 만남은 그를 철학자의 길로 이끄는 의미심장한 사건이었다. 낭만주의의 극복책으로서 문헌학을 선택했던 니체는 쇼펜하우어에 의해 다시 낭만주의로 방향을 선회하였다. 얼마 후에 만나게 되는 바그너와 더불어 쇼펜하우어는 니체의 청년 시절을 지배하며, 그의 인성 전체를 형성하는 중대한 역할을 했다.

당시 젊은 니체를 움직인 또 하나의 사건은 여배우 헤드비히 라베에 대한 사랑이었다. 라베는 1866년 여름 라이프치히에서의 공연에 출연한 일이 있는데, 니체는 그녀의 연기에 감탄하고 말았다. 그는 이 여자 예술가에게 자기가 지은 시와, 거기에 곡을 붙인 다음 열광적인 문장으로 된 헌사獻辭를 첨부하여 보냈다.

당시의 이런 순진한 사랑과 또한 그 표현 방법들에 대해 니체는 그러나 훗날에는 거의 비꼬임에 가까운 회상을 했다.

"나의 대학시절 나와 다른 학생들은, 여배우였던 헤드비히 라베를 찬미하기도 하고, 혹은 프레데리케 그로스만의 홍에 겨운 개구쟁이 같은 유머에 반하기도 해서 그로스만이 부른 노래를 흉내냈고, 맥주 탁자 위에서 그녀를 위해 건배하기도 했다. 하지만 무대 위의 이들 아름다운 여성들은 단순히 우리의 육욕적, 심미적 상상력의 허구에 지나지 않았던 것이다. 연극의 무대와 인생의 무대를 혼동하는 것이 바로 사람의 비극이다."

여배우 라베에 대한 사랑보다도 당시 니체에게 일어난 중요한 일은 새로운 벗을 얻게 되었다는 점이다. 그는 에르빈 로데였는데, 이 우정은 니체의 정신병 발병 직전까지 계속됐다. 로데는 많은 면에서 니체와 동등한 입장이었다. 니체보다 한 살 아래인 로데는 함부르크 출신인데, 니체와 똑같이 1865년 여름에 본 대학에 유학했고, 또한 리칠 교수를 따라서 라이프치히에 왔던 것이다. 로데의 빛나는 문헌학적 재능, 그의 기품과 토론을 좋아했던 것, 이것들은 니체로서는 더할 나위 없는 상대를 발견한 것이었다.

에르빈 로데.

"로데는 언젠가 나에게 준 편지 속에서, 그와 나는 저번 학기에는 둘이서 한 의자를 자리잡고 있었던 거나 마찬가지라는 투의 말을 한 적이 있었다. 실로 우리는 그렇게 보내기는 하였으나 내 스스로 그렇다는 생각이 든 것은 학기가 끝나고부터였다. 게다가 별다른 의도도 없이 일종의 본능에 이끌려, 우리 두 사람은 하루의 대부분을 줄곧 둘이서만 지냈다. 세상에서 말하는 의미로서는 우리는 공부를 별로 많이 하지 않았다. 그래도 우리는 둘이서 지낸 이 하루하루가 의미 있는 것이었다고 생각했다.

이제까지 내가 서로 절차탁마切磋琢磨할 수 있는 우정이란 일종의 윤리적 철학적 배경을 지니고 있다고 하는 것을 체험으로 알게 된 것은 단 한 번, 그때뿐이었다. 학우들이 가깝게 되는 것은 대부분의 경우 전공이 같기 때문이지만, 그러나 로데와 나는 전공하는 학문 분야가 달랐다. 다만 일치점이라고 한다면 둘 다 문헌학상의 서투른 수법과 부질없는 것에 대해서 아이러니와 조소를 함께 퍼붓는 점뿐이라고 하겠다. 대개 우리는 서로 다른 데 관심을 두었으며, 의견이 일치하지 않는 점도 많았다. 그러나 대화가 깊어지면 대뜸 의견의 차이에서 오는 불협화음은 멈추고, 하나의 고요하고 완전한 화음이 울리기 시작했다."

탄로난 누이와의 관계

로데와 더불어 니체는 라이프치히 마지막 학기에 마이닝겐으로 여행했다. 당시는 아직 니체가 바그너에 대해 그리 열광적인 마음을 품고 있지 않았을 때였다. 그들은 마이닝겐에서 바그너 숭배자들이 여는 어느 음악 축제에 참가하기도 했다. 이 여행이 끝나고 니체는 갑자기 입영했다. 몇 차례의 신체검사에서 니체는 심한 근시 때문에 보충역으로 돌려졌다. 그런데 갑자기 새로운 규칙이 발표되어, 8도 이하의 안경을 쓴 사람도 신체에 이상이 없으면 입대해야 한다는 것이었다. 그런데 니체의 입대에 앞서 중요한 사건이 생겼다. 다름 아닌 로잘리 고모의 사망이었다.

고모의 사망이 니체에게 준 충격은 한 사람의 친지의 죽음이라는 차원을 넘어서는 것이었다. 고모의 사망을 계기로, 니체와 앨리자베드의 관계를 가족이 알고 있었다는 사실을 그 두 사람이 깨닫게 됐다.

그러나 니체 자신이 후일에 쓴『나의 누이와 나』에는 로잘리 고모의 사망 때의 일들, 누이와의 관계가 드러나는 과정이 소상하게 기록되어 있다. 그러한 일들이 탄로났다는 사실에 대한 수치심과 함께.

"엘리자베드와 나 사이의 정교情交가 가족의 일원에게 (혹은 친척 관계가 아닌 우리 주변의 중요한 인물에게) 알려지게 되었을지도 모른다는 의심은 어느 날 로잘리 고모가 죽음에 임박하여 자기가 누워 있는 방으로 나를 불렀을 때까지는 한 번도 내게 일어난 적이 없다. 그녀가 어머니더러 나를 자기와 둘만 있게 해달라고 퉁명스럽게 말했을 때도 나는 놀라지 않았다. 로잘리 고모는 그녀 자신을 언제나 가정에서 나의 삶과 나를 손짓해 부르는 광대한 지평선 사이를 연결하는 나의 수령으로 자처하고 있었기에 말이다.

'너는 내가 말하는 걸 조용히 앉아서 들으려면 있는 용기를 다 짜내야 할 것이다. 부인한다거나 논쟁일랑 아예 할 생각을 말아라. 왜냐하면 내가 너에게 말해야 하는 것은 단순한 진실이기 때문이다. 그러니 나를 설득할 수 있는 어떤 의견도 있을 수가 없어. 나는 기운이 별로 없어. 설마 너는 내게 남은 얼마 안 되는 기력을 쓸데없이 소모시키기를 바라는 건 아닐 테지. 그러니 주의해서 들어라, 프리츠. 나는 엘리자베드와 너 사이에서 진행되고 있는 일을 아주 오래 전부터 알고 있었다.'

경고했음에도 불구하고 나는 앉아 있던 의자에서 거의 넘어질 뻔했다. 그녀가 싸늘한 어조로 최후의 선언을 했을 때에. '나는 그 사실을 우연히 알게 됐다, 프리츠.' 그녀는 계속 말했다.

'나는 널 염탐하진 않았다. 그러니 너는 화를 내면 안 되느니라. 나는 네게 설교할 생각은 없으니까. 나는 몇 번이나 그걸 네게 말하고 싶었다. 누군가 나이 든 사람이 그래야만 한다고 느꼈거든. 하지만 나는 어떻게 말할지를 알지 못했다. 얼마간은 널 염탐하기도 했지. 왜냐하면 일단 내가 너희 둘이

하고 있는 짓들을 안 이상에야 이유야 어쨌든 간에 너희가 그 짓을 그만두게 될 것인가 아닌가를 결정하려고 애쓰지 않을 수 없으니까. 너는 오랫동안 떨어져 있는 기간을 연장하곤 했지. 하지만 너희 중 누구든지 기회를 발견하기만 하면 어떻게 해서든지 다시 그 버릇으로 돌아왔던 거야. 나는 너한테 설교 따위는 안 할 작정이라고 말했다. 그러나 그게 너희 둘에게 다 좋지 않은 일이라는 걸 어떻게 내가 말 안 할 수 있겠느냐?'

나는 그녀를 방해하는 어떤 몸짓도 하지 않았다. '너는 가만히 있을 만큼 현명하구나, 프리츠.' 그녀는 계속 말을 이었다.

'내가 이 두 눈으로 똑똑히 본 사실에서 내가 더 보태거나 뺄 수 있는 것은 아무것도 없느니라. 오라비와 누이 사이에서 벌어지는 이 같은 일에 대해선 끔찍하다는 말 이외에도 수다한 소름끼치는 표현들이 얼마든지 있지. 나는 그런 말들을 입에 담을 생각은 없다. 나는 아직도 너를 사랑한다. 프리츠, 게다가 난 너한테 큰 희망을 걸고 있단다. 다만 나는 이렇게만 말해야겠다. 만약에 네가 네 누이와 더불어 네 비행非行을 그대로 계속한다면 너는 네 불멸의 영혼을 서서히 망치게 될 것이라고. 그러니 그만둬라.'

말을 마쳤을 때 그녀는 아주 완전히 지쳐버렸기 때문에, 그녀가 손을 들어 문 쪽을 가리켰을 때 나는 그것이 나보고 나가라고 하는 의미인 줄 알아차렸다. 그리고 나는 그렇게 했다."

이런 경위로 해서 그들의 관계를 가족 중의 누군가 알고 있다는 사실을 니체는 깨닫게 된 것이다. 그러나 바로 그들의 관계를 청산하지는 못했다. 니체는 다만 로잘리 고모를 제외한 다른 가족들, 어머니나 조부모나, 그리고 친구들도 이러한 사실을 알고 있었을까하는 의혹을 품은 채 입대를 했다.

병영 생활은 그리 고달픈 것이 아니었다. 그러나 그의 정신에는 더할 나위 없이 고통스러운 것이었다. 그는 나움부르크의 기마 야전 포병대에서 근무하게 되었다. 문헌학을 계속 공부할 수 있도록 라이프치히에서 근무하기를 원했지만, 그러한 기대마저 깨어진 니체의 정신적인 황폐함은 그가 친구 로데에게 보낸 편지에 잘 나타나 있다.

"나는 지금 담배도 피우지 않고, 무슨 목록을 작성하는 것도 아니고, 데모크리토스를 연구하는 것도 아니고, 라엘티오스나 스이다스 같은 것을 거들떠보지도 않는다. 이런 말을 들으면 그대는 '그럼 무엇을 하고 있느냐'고 물을 것이다. 나는 이렇게 대답할 수밖에 없다. '나는 지금 훈련을 받고 있다'라고 때때로 말의 복부 아래 숨어서 중얼거리기도 한다네. 쇼펜하우어여, 도와주구려. 기진맥진 땀투성이가 되어 집에 돌아오더라도, 책상 위에 놓인 그의 초상을 한 번 흘낏 쳐다보는 것만으로도 나의 마음은 안정된다네. 그리고 그의 저서 『파레르가』를 읽는다네. 이제 이 책은 바이런과 함께 전보다 훨씬 더 나에게 감동을 주지."

니체는 스스로를 "문헌학적 충동을 가진 기마 포병이란 참으로 불행하다"라든가, "장화에 구두약을 칠하면서 데모크리토스를 생각하는 병졸은 이상한 놈이다"라고 말했다. 그런데 이 복무 생활이 승마 사고로 인한 가슴 부상으로 규정보다 훨씬 일찍 끝나게 되었다. 부상당한 가슴의 치유가 늦어지자, 병역 의무 종료 때까지 병가를 받은 것이다. 그리하여 그의 병역 의무는 사실상 5개월 만에 끝났다.

남은 복무 기간을 집에서 치료하며, 니체는 라이프치히 대학의 마지막 학기 복학을 위해 계속 문헌학을 공부했다. 그는 앞서 말한 대로 대학의 교수직에 있기를 희망했는데, 그러나 쇼펜하우어를 읽은 니체는 문헌학에 회의를 품고 있었다. 그는 로데에게 보낸 서신에서 문헌학자 족속이라는 칭호와 함께, "두더지 같은 일을 하고 있다" "입속을 가득 채우고도 눈은 멀었다"라는 등의 흉을 보기도 하였다.

그러나 니체는 이 유혹을 이기지 못했다. 라이프치히 대학에서는 그동안 니체가 발표한 논문을 근거로 하여, 더 이상 시험을 치르지 않고 니체에게 박사 학위를 수여하였다. 그리하여 24세의 젊은 교수인 니체는 1869년 바젤 대학에서 '호메로스와 고전 문헌학'이라는 취임 강연을 했다.

바젤은 유럽적 휴머니즘의 오랜 전통을 지닌 도시였다. 전통에 뿌리를 두고 있는 풍속이라든가, 옛 전설을 회상케 하는 낡은 건물들을 볼 때 니체는 중세에 접근한 듯한 인상을 받았다. 이러한 인상을 가진 바젤이라는 도시와 문헌학은 너무나 잘 어울리는 것 같았다. 처음 니체는 바젤에서 사교와 무도회에 어울리는 것을 즐거워했다. 지방의 유지들도 니체를 진심으로 환대하였다. 그러나 이전에 본 대학에서 느꼈던 것과 꼭 같은 감정을 그는 다시 맛보게 되었다. 어떠한 것에 적응하기 어려워하는 것, 이를테면 축제 같은 생활에 대한 혐오, 번거로운 사교상의 소란에 대한 염증 등. 그는 점차 동료들과 멀어졌고, 문헌학에 대한 회의도 더욱 심해졌다. 이와 같은 모든 갈등이 로데에게 보낸 편지 속에 선명하게 묘사되어 있다.

"믿기 어려울 만큼 그대가 그립구나. 왜냐하면 생활하며 기쁜 일과 곤란한 일들을 서로 이야기 나눌 만한 사람 하나 가까이 없어. 이러한 기분이 드는 것은 나로서는 처음이기에 말이야. 더구나 정말 마음을 공감할 수 있는 동료마저 하나도 없다. 그것은 너무나 부끄러운 고백이지만 스스로의 무지함을 잘 알게 되었을 정도인 것이다.

기마 야전포병 때의 니체.

그리스로부터 1,000마일이나 거리가 있지만, 적어도 어떤 비판적인 경향을 지닌 문헌학자로서 산다는 것이 더욱 불가능하게 보이는 것이다. 게다가 나는 언제나 진정한 문헌학자가 될 수 있을까 의심하고 있어. 어떤 사소한 일로, 우연히 문헌학자가 될 수 없다고 하면 곤란하겠지. 그 까닭은 불행하게도 나에게는 본받을 만한 어떤 전형典型이 없기 때문이다. 나는 지금 누구의 도움도 없이 혼자 바보가 될 위험에 놓여 있는 것이다. 그대와 같이 지낼 수 있다면 얼마나 좋을 것인가! 여기서 나는 '소크라테스와 비극'이라는 강연을 했는데 모두들 의아하게 여기고 오해도 했지. 그러나 이 강연의 덕택으로 트립센에 있는 나의 벗(리하르트 바그너)과의 유대는 더욱 밀접하게 되었다.

나는 역시 희망의 화신과도 같은 사람이 될 것이다. 리하르트 바그너도 도대체 내가 어떤 사명을 갖고 있는가를 실로 감격적인 말투로 나에게 털어 놓았던 것이다. 학문과 예술과 철학이 지금 내 안에서 차츰 싹트고 있기 때문에, 언젠가 나는 켄타울(반은 사람이고 반은 말의 모습을 한 전설 속의 괴물)을 탄생시키게 될 것이다."

이 편지에 나타나 있는 니체의 딜레마는 너무나 자명한 것이다. 즉, 멀리 날아가 버려, 다시는 잡을 수 없는 희망에 대한 체념과, 선택된 자라고 여기는 감정 사이의 딜레마인 것이다. 이때부터 니체는 문헌학의 영역을 벗어나 사상가의 길로 접어든다. 그는 자신이 철학자가 되겠다는 결심에 대해, 어린 날의 그의 신앙과 음악의 재능까지를 위험 수위에 올려놓고 훗날 다음과 같이 진술했다.

"만약에 내가 현상과의 타협을 갈구하는, 만인에게 내재한 나의 범용한 속성에 굴복하였더라면 나는 음악가나 혹은 신학자가 되었을 것이다. 확신하건대 나는 양쪽의 경우 다 완고하고 위대한 범인凡人밖에 될 수 없었을 것이다. 나의 궁극적인 선택, 철학자가 되겠다는 사실은 말하자면 비겁한 속셈에서 나온 행위였다. 첫째, 나는 도저히 바그너와 같은 지위는 획득할 수 없으리라는 두려움. 그리고 둘째로 나는 단역 정도 맡아가지고는 어느 누구에게도 아니, 설사 신神에게조차도 내 자신을 드러낼 수 없었기 때문이다."

자신에 대한 회의와 성찰과 확인에 의해 니체는 철학자의 길을 걷게 되며, 니체의 이 길에 안내등을 밝혀준 사람은 이미 언급한 쇼펜하우어와 앞으로 언급하게 될 리하르트 바그너이다.

비극의 탄생

예술은 삶을 정당화시키지 않는다. 예술은 예술 자체도 정당화시키지 못한다. 예술은 삶도 정당화를 울부짖는 예술의 필요도 충족시키는 대리 소임을 하지는 못한다.

별의 우정— 바그너와의 만남

니체가 리하르트 바그너와 처음으로 개인적으로 알게 된 것은 1868년 가을 라이프치히에서였다. 그 전부터 니체는 바그너를 숭배해 왔다. 마침 바그너와 개인적으로 만나게 되었을 때(라이프치히 대학의 동양학자 브로크하우스의 부인과 알게 되어, 그 집에서 바그너를 처음 만났을 때)의 기쁨을 다음과 같이 로데에게 써 보냈다.

"식사 전후에 바그너는 마이스터 징거의 중요한 부분을 모두 연주해 주면서, 온갖 소리를 흉내내고 더구나 멋대로 떠들기도 하였다. 어떻든 매우 쾌활하고 불과도 같은 사람이어서, 말을 빠르게 하면서도 재기가 넘쳐, 이러한 매우 사적인 모임마저도 아주 유쾌하게 만들었다. 그동안 나는 좀 긴시간 그와 쇼펜하우어에 관해 대화를 나눌 수가 있었다. 아아, 그대는 이해해 주리라, 내가 얼마나 즐거워했던가를. 바그너는 표현할 수 없을 만큼 굉장한 열의로 쇼펜하우어에 관해서 말했는데, 그가 쇼펜하우어에게 무엇을 얻고 있는지, 쇼펜하우어는 얼마나 음악의 본질을 이해한 유일한 철학가인지 말하는 것을 나는 들었다.

오늘날 교수들이 바그너 자신에 대해서 어떠한 태도를 가지고 있는가를 묻고선, 프라그에서 개최된 철학자 대회를 비웃으며 철학적 하인배들이라고 말했다. 지금 집필중인 자신의 전기의 일부를 읽어 주었는데, 그의 라이프치히 유학 당시의 생활은 무엇이나 유쾌한 이야깃거리로 가득 차 있었으며, 지금 생각해 보아도 웃음이 터질 것만 같다. 문장은 유난히 뛰어났고 거기에 재기가 넘쳐 있었다."

니체가 몇 해 동안 숭배해온 바그너가 이토록 쇼펜하우어를 지지해준 것은 니체에게는 더할 나위 없이 즐거운 것이었다. 독일의 후기 낭만주의에서 쌍벽을 이루고 있는 바그너와 쇼펜하우어, 이들을 향한 니체의 숭앙은 그야말로 경외敬畏에 가까운 것이었다. 당시 바그너는 니체보다 31세나 연상이었다. 바그너에게 심취해 있었던 니체는 바젤의 교수로 취임한 후, 1869년 바그너를 만나기 위해 마침 스위스에 와 있었던 그를 트립센으로 방문했다.

트립센에서 바그너는, 리스트의 딸이며 그의 친구인 지휘자 한스 폰 뷜로우의 처인 코지마 폰 뷜로우와 함께 세상의 인습을 무시한 채로 살고 있었다. 바그너는 첫 아내가 사망한 후인 1866년에, 그가 자주 그랬던 것처럼 재정적, 정치적, 사교적인 곤란에서 도망쳐 모습을 숨기기 위해, 뮌헨에서 스위스로 이주해 살고 있었다. 이때 코지마는 남편과 별거하고 있다가 바그너를 따라나선 것이었다. 그들은 뷜로우와의 사이에서 태어난 두 아이와 바그너와의 사이에서 태어난 또 한 명의 아이와 함께 생활하고 있었다.

리하르트 바그너.

바그너와 코지마는 젊은 교수인 니체를 마음에 들어 했다. 그리 오래지 않아 니체는 바그너 집안의 일원처럼 친근하게 되었고 언제 방문해도 환영을 받았다. 니체는 자주 트립센을 방문하였으며 거기서 그는 존경하는 음악의 천재와 가까이 지낼 수 있었다.

처음 니체는 다만 바그너의 작품만을 찬탄했다. 그런데 가까이 지내게 되자 바그너의 인품에까지 심취하게 되었다. 그러나 바그너는 니체가 찬양하는 것만큼 훌륭한 인품을 가지고 있었던 것은 아니었다. 어쩌면 니체는 그와의 우정에 그만 눈이 어두워졌는지도 모른다. 오히려 세상에서 말하는 바그너는 고압적인 성격, 이기주의, 낭비벽, 즉흥벽 등을 가진 어두운 사람이었다.

니체가 바그너의 모습이 얼마나 피상적인 일면인가를 우리는 알 수 있다. 이러한 인품과 작품에 대한 찬양 말고도 니체가 바그너에게 심취했던 이유의 한 가지로 바그너에게 내재한 반독일적 요소를 들 수 있다. 니체는 독일에 대해 어렸을 때부터 비판적인 견해를 가지고 있었다. 그가 횔덜린의 시 중에서 독일의 야만성을 공격한 것을 옹호하는 말을 하기도 했던 것을 우리는 기억하고 있다.

그때 그는 모든 사실은 휠덜린이 말한 그대로임을 인정했고, 그러한 견해는 독일에 대한 사랑을 지니고 있기 때문에 가능하다고 했다. 폴란드 귀족이라는 의식 속에서 자라면서 니체는 자신은 주변의 독일인들과는 다르다는 일종의 선민의식選民意識에 사로잡혀 있었다. 독일을 떠나 바젤 대학이 있는 스위스로 이주한 후에도 그는 늘 독일적인 것에 거부반응을 나타냈다.

"그대들은 독일 정신이 어디에 그 기원을 두었는지 잘 알 것이다. 그것은 아주 탁한 내장에서 오는 것이다. 독일 정신이란 하나의 소화불량이다. 그것은 아무것도 소화시키지 못한다. 나는 프랑스 문화밖에 믿지 않는다. 그렇다! 바그너는 하나의 혁명가였다. 그는 독일 사람에게서 벗어났다. 예술가에게는 유럽에서 파리밖에 고향이 없다. 바그너의 예술이 전제로 하고 있는 다섯 개의 예술 감각에서 섬세한 것, 뉘앙스를 느끼는 손가락, 심리적, 병적病的 성실 같은 것은 파리에서만 발견할 수 있는 것이다.

형식 문제에 대한 정열, 무대장치(사상 표현에서 최대의 효과를 노리는 문체상의 기교를 니체는 이렇게 표현했다)에 관한 진지함은 다른 데서는 도저히 볼 수가 없다. 그것은 특히 파리다운 진지함이다. 파리 예술가의 영혼 속에 뛰놀고 있는 무서운 야심이란, 독일에서는 도저히 상상도 할 수 없는 것이다. 독일 사람은 호인이다. 바그너는 결코 호인이 아니었다. 나는 그를 외국으로, 모든 독일적 미덕에 대한 반대물로, 그리고 피에 젖은 항의로 느끼고 존경하였다."

반독일적인 바그너의 취향을 더욱 돋보이게 만든 인물이 코지마였다. 니체는 코지마에게 보통 이상의 호감을 갖고 있었는데, 호감의 시초는 코지마의 파리적인 것에서부터였다. 코지마는 파리 출신이었다.

코지마 바그너 부인.

"내가 독일에서 찾아낸 높은 문화[교양]의 몇몇 실례實例까지도 모두 프랑스 혈통을 받은 것이었다. 그 중에서도 코지마 부인은 내가 오늘날까지 취미 문제에 대해 듣던 중 가장 뛰어난 것을 말했다. 나는 파스칼을 읽는 것이 아니라 사랑하고 있다. 처음에는 육체적으로, 다음은 심리적으로 차츰 죽어간 가장 교훈적인 기독교의 희생으로서, 그리고 비인간적인 잔인성의 가장 몸서리쳐지는 형식의 논리로서 사랑하고 있다."

바그너와 코지마에 대한 이러한 열광적인 우정의 관계는 1876년까지 지속됐다. 다만 니체가 독불전쟁의 간호병으로 종군했던 1870년 세 달간을 제외하고, 바그너의 존재는 니체에게 삶의 즐거움이고 희망이며, 예술 그 자체였다. 1870년 8월부터 10월까지 니체는 독불전쟁의 지원 간호병으로 종군했다. 바젤 대학에 초정됨으로써 니체는 이미 스위스인이 되어 있었기에, 스위스 정부는 니체가 적극적으로 종군하는 것을 허락하지 않았다. 그러나 군 복무도 질병 때문에 오래가지 못했다. 부상병 후송 호위병이었던 니체는 이질과 인후성 디프테리아에 걸려 바젤로 돌아오게 되었다. 그는 전쟁을 회의적으로 바라보게 되었고, 독일의 헤게모니에 대한 믿음도 상실했다. 니체는 다시 강의를 시작하였고 자신의 연구에 복귀했다.

니체는 대학교수가 그 재직 중에 바랄 수 있는 모든 것을 20대 중엽에 거의 다 성취해 버렸다. 존경받는 젊은 학자였으며, 그의 의견과 판단은 다른 사람들에게 진지하게 받아들여졌다. 약간의 제자를 두었으며, 그 제자들에겐 좋은 스승이었다. 보수도 좋았고 훌륭히 독립적인 생활을 영위할 수 있었다. 좋은 벗도 몇 명 사귀게 되었는데, 그 중 한 사람은 바젤 대학 교회사敎會士 교수인 프란츠 오버베크였다. 오버베크는 니체의 정신병 초기 때 그를 병원으로 옮긴 사람이었다.

니체의 생활은 안정되었고, 이제 유유히 연구를 계속할 수 있었다. 그는 일련의 저작도 했는데, 이 저작이 결국은 시민적, 학문적, 사회적인 인습에 대한 극단적인 대립에 이끌려가도록 했다. 그를 고독한 예외자로 만든 것은 결코 환경의 영향이거나 어떤 강제에 의한 것이 아니었다. 그 스스로가 이러한 길을 선택한 것이었다. 당시의 학문과 사회에 대한 그의 반역은 그 자신의 인품에서 기인된 것이었다.

비극의 탄생, 사망, 재생

그의 첫 책 『비극의 탄생』 은 1869년 가을부터 1871년 2월까지 집필되었다. 이 책이 처음 출판되었을 때의 제목은 『음악 정신으로부터의 비극의 탄생』 이었다. 이 원고를 당시 주변에서는 '켄타울'이라고 불렀다. 니체 자신이 로데에게 보낸 편지 속에서 켄타울이라는 말을 한 적이 있었기 때문이었다. 학문과 예술과 철학이 매우 밀접하게 결합되어 자라난 결실이었다. 니체는 이 책을, 언젠가 그의 저작을 출판해 주겠다고 말한 적이 있는 출판업자에게 보냈다. 그때 함께 보낸 편지를 인용함으로써 우리는 니체가 그의 책에 대해 어떤 생각을 품었는지 알 수 있을 것이다.

"이제 보내드리려고 하는 것이 뜻에 맞을지는 모르지만, 인쇄하면 90페이지 정도가 될 원고입니다. 제목은『음악과 비극』이라고 붙일 예정입니다. 보시는 바와 같이 그리스의 비극을 해명하려고 시도한 책입니다. 현대의 기이한 수수께끼인 리하르트 바그너를 그리스 비극과의 관계에서 설명하려고 한 것입니다.

나는 이 저술이 오직 미학美學에 관한 책으로 다루어질 것을 희망합니다. 당신이 이 원고를 받아주실 경우에는 여기에 적합한 장정을 해주시기 바랍니다. 이상이 승낙되면 조판과 지질의 견본을 급히 보내주시기 바랍니다. 그리고 동시에 고료에 관한 의견도 말씀해 주십시오."

니체의 이 이상한 원고는 처음 이 출판사에서 발간되지 못했다. 무척 망설이던 끝에 출판사 측에서 미심쩍은 승낙을 하였지만, 니체는 원고를 도로 거두었다. 1871년이 거의 끝날 무렵, 바그너의 저작을 출판했던 후리체라는 출판업자의 손으로 발간되었다.

이 책은 바그너의 음악을 그리스 비극과의 관계에서 설명하려고 한 것이다. 니체는 당시에만 해도 바그너를 숭배하고 있었고 바그너의 음악이야말로 니체가 바라는 예술적인 모범 답안을 만족시켜 주는 것이었다. 니체는 이『비극의 탄생』서문에 '리하르트 바그너에게 바치는 말'을 넣었다.

"나의 무척 존경하는 벗이여, 나는 지금 당신이 이 책을 받는 순간을 마음속에 그려보고 있습니다. 우리들의 심미적 사회의 독특한 성격 때문에, 이 책 속에다 종합시킨 것과 같은 사상이 어쩌면 불러일으킬지도 모르는 모든 의혹과 자극과 오해를 오직 당신을 생각함으로써 나의 염두에서 멀리하기 위해서입니다. 또한 훌륭하고 감격적인 한때의 화석化石으로서, 이 책 자체가 어느 페이지에나 그 표적을 남기고 있는 저 관조적 무상의 환희를 지금도 역시 지니고서야 이 머리말을 쓸 수 있다고 생각하기 때문입니다.

심미적 문제와 같은 것이 이렇게 심각하게 취급된 것을 보면 아마도 사람들은 불쾌하게 생각할 것입니다. 즉, 그들은 예술 속에, '생존의 엄숙함'에 대한 유쾌한 첨가물, 없어도 좋을 요란스러운 방울소리 이상의 것을 인정하지 않기 때문입니다. 그것은 흡사 아무도, 이른바 '생존의 엄숙함'이 이처럼 대치되었을 때 어떠한 비중을 지니는가를 조금도 모르는 것처럼 생각될 정도입니다.

이에 반해서 나는 예술이야말로 이 인생의 최고 과제이며, 이 인생의 진정한 형이상학적 활동이라고 믿고 있는 터이지만, 그처럼 머리가 굳은 사람들도 이것을 알고서 계몽되기를 기원하는 것입니다. 더구나 이러한 나의 확신은 여기에 이 방면에서 나의 숭고한 선구적 투사로서 여기고, 이 책을 바치고자 하는 자와 마음을 같이 하고 있는 것입니다."

이 책은 1886년에 새로운 판이 나왔는데, 그때 니체는 '자기비판의 한 시도'라는 서문을 붙이고 제목도 『비극의 탄생, 혹은 그리스 정신과 페시미즘』이라고 바꾸었다. 1886년 당시는 니체와 바그너의 관계가 청산된 지 한참이 지난 후였다. 원제목에서 '음악'이라는 말을 빼버린 것은, 아마도 바그너의 이미지를 지워버리고 싶은 충동에서가 아니었던가 싶다. 바그너에게 열렬히 도취되었던 니체가 15년이 지난 후에 새로운 서문을 덧붙이면서 자기변명과 아울러 독보적인 입장을 스스로 과시했던 셈이다.

그의 자기비판을 들어보자.

"이 책은 청춘의 우수와 용기에 넘치며, 권위와 숭배의 대상에 굴복하는 것처럼 보일 때일지라도, 단연 독립적인 청춘서青春書인 것이다. 요컨대 이 책은 어감이 나쁠지언정 처녀작이며, 그 노숙한 문제의식에도 불구하고 청춘의 여러 결함, 특히 청춘의 특유한 '장황한 것'과 '질풍노도'(이른바 독일 낭만주의 운동을 가리킴)가 따르는 책이다. 그 반면 이 책이 거두었던 성과(특히 대화의 상대처럼 취급한 위대한 예술가 리하르트 바그너에게 거두었던 성과)에 관해서는 이미 증명이 끝난 책이라고 할 수 있다. 하여간, '그 시대의 가장 뛰어난 사람들'에게 만족을 주었던 책이라고 생각한다.

이 책은 약간의 참작과 묵인 아래서 다루어져야 할는지도 모른다. 그럼에도 이 책이 오늘날 나에게 얼마나 불유쾌하게 여겨지는가. 15년 후의 지금, 얼마나 서먹서먹하게 내 앞에 서 있는가. 이것을 나는 결코 숨기려 하지 않는다."

『비극의 탄생』의 문헌학적 의도는 디오니소스 축제의 의식적인 코러스의 무용으로부터 그리스 비극의 전개를 펼친데 드러나 있었다. 두 가지 다른 삶의 형식이 융합되어 나타나는 형체가 비극이라는 것을 증명하기 위해서인 것이다. 아울러 고전적 그리스를 새롭게 해석하려는 의도가 내포되어 있었으며, 또한 리하르트 바그너의 작품을 정당화하고 선전하려고도 하였다. 내용면에서 이 책은 비극의 탄생, 죽음 그리고 재생의 세 가지 테마로 이루어져 있다.

니체는 우선 아폴로적, 디오니소스적이라는 두 개의 대칭된 개념을 전제한다. 예술사에 불후의 명제로 남게 되는 이 두 명제는 훗날 니체의 모든 사색을 해명할 수 있는 하나의 열쇠 구실을 한다. 또한 이 둘은 그 자체로 니체 철학의 기본 카테고리라고 말해도 좋을 것이다.

아폴로는 그리스 신화에 나오는 태양신이다. 예언과 병, 음악을 다스리며, 꿈과 같은 것이다. 존재의 개별적인 가상假像 위에 서 있으면서, 조용하고 조화 있는 미美의 황홀한 환상 속에서 고통을 망각하게 하며, 혹은 정화하는 힘을 갖고 있다.

"꿈의 경험이 필연적인 것으로서 기쁘게 맞이하게 된다는 것은 역시 그리스인들에 의해서 아폴로신 속에 곧잘 표현되어 있다. 모든 조형적인 힘을 지닌 아폴로는, 동시에 예언의 신이기도 하다. 어원적으로 '빛나는 자', 즉 빛의 신인 아폴로는 공상적으로 마음속에 그려내는 세계의 아름다운 가상도 지배하는 것이다.

우리의 일상적인 현실이 부분적으로밖에는 이해되지 않는 데 비해, 꿈이나 공상이라는 상태는 보다 높은 진실성을 가지고 있으며 완전성을 표시하는 것이다. 이 진실성, 완전성은 잠과 꿈에 내포되어 있는 자연의 치유력, 구원의 힘에 관한 깊은 의식과 함께 예언의 능력을 상징하는 일면이다. 또한 삶을 가능케 하며, 사는 보람을 있게 하는 예술 일반의 상징적인 일면이기도 하다.

그러나 꿈의 일면이 병적인 인상을 주지 않기 위해서는 넘어서는 안 될 섬세하고 미묘한 선線이라는 것이 있다. 그렇지 않으면 가상도 아둔한 현실로서 우리를 실망시키게 될 것이다. 아폴로의 모습에 절대로 없어서는 안 될 것은 그러한 섬세하고 미묘한 선인 것이다. 저 절로 있는 한정限定, 난폭한 격정에서의 저 자유, 저 지혜에 넘치는 평정이, 이 조형신造形神에게는 으레 수반되는 것이라고 본다. 아폴로의 눈은 그 기원에 알맞게 태양다워야 한다. 아폴로의 눈이 성내어 불쾌하게 바라볼 경우에도, 아름다운 가상의 장중함이 거기에 서리어 있는 것이다."

이에 반해 디오니소스는 주신酒神이다. 도취와 광기를 나타내며, 문화를 창조하고 입법도 관할한다. 존재의 밑바닥에 깔려 있는 의지, 그 자체라고 할 수 있다. 개별적인 것이 부서지고 가상의 것이 찢길 때 발생하는 괴로움을 이 근원적인 생명에 합일시킴으로써 환희로 전환시키는 것이라고 보았다.

"디오니소스적인 것의 마력 아래서는 사람과 사람의 관계가 다시금 회복된다. 뿐만 아니라 사람에게서 소외된 자연도, 적대시되고 혹은 억압되어 온 자연도 집을 나간 탕아적인 사람과 다시금 화해의 제전을 축하하는 것이 된다. 대지는 스스로 나아가 그 선물을 바치며, 바위산이나 사막의 맹수들은 순순히 접근해 온다. 디오니소스의 수레는 꽃과 꽃송이로 묻히고 그 멍에를 끌면서 표범과 범이 걷는다. 베토벤의 '환희'를 한 폭의 그림으로 바꾸어 보라. 수백만 명의 사람이 공포에 떨며 먼지 속에 엎드릴 때, 위축됨이 없이 상상의 날개를 펼쳐보라. 그러면 디오니소스적인 것에 접근할 수 있는 것이다.

사람은 이제 단순한 예술가가 아니다. 그는 이제 예술품이 되어버린 것이다. 즉, 모든 자연의 강렬한 예술력은 여기에 도취의 전율 아래 계시되며,

근원적 인자는 최고의 환희로 만족을 주는 것이다. 가장 고귀한 진흙이 여기에 반죽되고, 가장 값진 대리석으로 여기에 조각된다. 즉, 사람이 되는 것이다. 그리하여 디오니소스적 우주 예술가의 끝소리에 맞추어서 에레우시스의 밀의密儀(그리스 아티카의 도시 에레우시스에서 행해진 곡물신을 모시는 제사. 오르페우스 밀의, 디오니소스 밀의와 함께 매우 중요한 의미를 지닌 제사)의 외침이 들려올 것이다.

1백만 명의 사람들이여, 그대들은 넘어지려느냐? 세계여, 그대는 창조주를 예감하는가? 라고."

예술의 발전은 아폴로적인 것과 디오니소스적인 요소가 결합되어 이루어진다. 이 두 가지 요소가 가장 잘 융합되어 나타나는 형식이 그리스 비극이다. 디오니소스적 황홀이, 그리스 예술에서는 일정한 아폴로적 형식으로 매듭지워져, 그 덧없음에서 벗어나게 된다. 니체에게 그리스인들의 비극은 디오니소스의 코러스에서 발생하였던 것이다. 황홀한 코러스의 춤, 즉 음악 바로 그것이 비극적 신화의 근원인 것이다. 비극적, 신화적인 사건의 디오니소스적 체험이 아폴로적 형식으로 구체화된다. 이리하여 비극은 탄생하는 것이다.

니체에게 비극의 본질은 디오니소스적인 것에 뿌리를 둔 형이상학적 개념인 동시에 실존적 개념이다. 비극은 바로 세계의 본질을 열어젖힐 수 있는 열쇠라고도 보며, 또한 그것은 존재의 암호이고 상징이라고 할 수 있다.

그리스 비극의 융성이 절정에 달한 바로 그 순간에, 비극의 최대의 적이 생겼다. 이것이 마침내는 비극을 말살하게 된다. 그 적이란 그리스 계몽철학의 비판적 정신이다. 그것은 합리적, 회의적이어서 비극적인 것의 전율과 비밀에 대한 감정을 기를 줄 몰랐다. 소크라테스적 아포리아와 거기서 나오는 학문적 설문, 즉 순수한 문제 분석의 정신, 바로 그것이 니체에게는 모든 문화의 적인 것이다.

여기서 니체는 비극의 재생을 외친다. 베토벤으로 표상되는 독일 음악정신과 칸트, 쇼펜하우어로 표상되는 독일 철학정신은 디오니소스적인 것의 계승이라고 보고, 여기에 아폴로적인 것이 조화된 것을 바그너에게 기대하고 예감하였던 것이다. 따라서 바그너의 오페라를 그리스 비극의 부활이라고 보고, 나아가 근대 문화의 성격을 오페라 문화로까지 말했던 것이다.

위대한 패배

마침내 바그너는 니체에게 회답을 보내왔다. "그대의 책 이상으로 아름다운 책을 나는 여태껏 보지 못했습니다"라고. 또한 코지마와 로데, 한스 폰 뷜로우 등 니체 주변의 벗들은 그의 책을 찬양했다. 그러나 문헌학계에서는 니체의 이 이상한 책에 침묵으로 일관했다. 문헌학계의 거목이 될 것으로 주목받은 젊은 학자의 이상한 저술에 대해 학계는 물론 어떠한 잡지에도 비평 하나 실리지 않았다.

침묵을 깨고 공식석상에서 처음으로 니체의 책을 다룬 사람은 그의 벗 에르빈 로데였다. 에르빈 로데는 1871년 4월에 북부 독일의 킬에서 교수가 되어 있었다. 로데는 북부 독일 아르게마니아 신문의 일요일판 부록에 신간 평을 썼던 것이다.

니체는 이 사실을 무척 기뻐했다. 그러나 니체는 학계의 침묵을 견딜 수가 없었다. 그는 은사 리칠에게 편지를 내어 그 침묵을 깨뜨리려고 시도했다.

"존경하는 선생님, 저의 책에 관해서 당신에게 아직 한마디 말씀조차 얻지 못하고 있는 것에 대한 저의 놀라움, 아울러 이 놀라움을 당신에게 말하는 저의 솔직함을 당신은 용서해 주시리라 믿습니다. 이렇게 말씀드리는 것은, 이 책은 일종의 어떤 선언宣言 같은 것이며, 침묵을 요구하는 것은 더구나 아니기 때문입니다.

존경하는 스승이신 당신에게 제 책이 주는 인상이 어떤 것을 전제로 하고 있는가를 제가 지금 여기에서 말씀드린다면, 아마도 당신은 놀라워하실 것입니다. 즉 당신의 생애에서 당신에게 어떤 희망찬 것을 만난다고 한다면 그것은 실로 이 책일 것입니다. 우리들의 고대학古代學으로서는 기대에 넘치고 있으며, 또한 몇몇의 개인이 이 책에 의해서 몰락할 수 있을지언정, 독일적인 것을 위해서도 이 책은 희망에 넘치고 있음이 틀림없습니다."

이 편지에 대해 리칠은 일기장에다, "니체의 저서 『비극의 탄생』, 기지가 넘치는 주정뱅이의 비틀거림"이라고 적어두었을 뿐이다.

마침내 '미래의 문헌학, 프리드리히 니체의 비극의 탄생에 대한 반박'이라는 제목으로 빌라모비츠가 쓴 32면에 걸친 장문의 비판적인 글이 나타난다. 그는 니체의 철학적인 생각뿐만 아니라 문헌학적 학식마저 공격하였다. 빌라모비츠의 비판적인 글에 대해 바그너와 로데가 반론에 나섰지만 문헌학자들은 본질적으로 빌라모비츠의 입장에 동조하였다.

이것은 패배였다. 니체는 문헌학자로서의 명성을 한꺼번에 잃어버렸으며,

문헌학과 학생들은 다음 학기에 수강 신청을 꺼려하기까지 하였다.

"무척 곤란한 상황을 견디면서 나는 그리스인과 로마인들의 수사학修辭學에 관한 강의를 겨우 해냈다. 수강생은 겨우 두 명, 그 중 한 명은 게르만 문학 전공이었고, 또 한 명은 법학 전공이었다."

『비극의 탄생』에 대한 분노에 찬 비판이 아직 멈추지 않았을 때, 니체는 '학사원 협회'의 초청으로 1872년 '우리나라 교육시설의 장래에 대하여'라는 제목으로 다섯 차례 강연을 하였다. 이 강연의 내용은『비극의 탄생』에서 주장한 사상을 부분적으로 구체화한 것이었다. 즉, 계몽사상이 현세기에 나타내는 모습, 과학과 그에 수반되는 연구의 전문화 등에 강력히 대항하는 입장을 밝히고 있다. 동시에 산업계의 전달 형식으로서의 저널리즘에도 대항했다.

문화활동과 그 매개체에 대한 니체의 비판은 일반의 견해에 수십 년이나 앞섰던 것이다. 또한 니체는 자신의 의견이라고 하며 자신이 제기한 문제에 하나의 의견을 제시하기도 한다. 즉 독일정신이라고 하는 비전이다. 그는 독일정신에 의해 병든 시대가 쾌유된다고 선전하였다.

"그렇기 때문에 우리는 더욱 독일정신에 충실하려는 것입니다. 독일 종교개혁과 독일 음악 사이에 스스로를 계시하고, 독일 철학의 거대한 용감성과 엄밀성에서, 또한 오늘날 새로운 시련을 겪은 독일 병사들의 충절에서 모든 가상을 싫어하는 영속적인 힘임을 표시한 독일정신, 게다가 오늘날 유행에까지 이른 현대의 사이비 문화에 대한 승리마저 기대할 수 있는 독일정신에. 진정한 교양 학교를 이 싸움에다 이끌어 넣는 것, 특히 고등학교에서 성장하고 있는 새로운 세대의 학생들에게, 진정한 독일적인 것을 구하려고 하는 마음을 고무시켜 주는 것, 이것이야말로 학교가 장래에 이룩해야 할 것이라고 기대하는 바입니다. 이렇게 하면, 결국은 이른바 고전적 교양이라는 것도 다시금 그것의 자연적인 기반과 그 유일한 출발점을 획득하게 될 것입니다."

이 강연은 대성공이었다. 바젤의 시민들은 이 강연 내용에 매우 만족하였다. 니체는 『비극의 탄생』에서 잃은 신뢰를 어느 정도 회복하였다. 더는 시정배들의 반작용 때문에 자기의 견해에 동요를 느끼지도 않았다. 철학은 증명 가능한 학문이 아니며 직관과 통찰, 충격만을 중시하는 학문이며, 주관과 개인의 체험과, 개인의 능동적 자기실현이 이론적 규범 따위보다 우위에 있다고 니체는 자신했다.

『비극의 탄생』은 소크라테스 및 그 학문 정신에 대항했던 것이었다. 그러기 위해서는 그리스 문화의 모범을 단지 고대 아테네 비극에서 뿐만 아니라, 널리 소크라테스 이전의 사상가들에게서도 구해야만 했다. 니체는 플라톤 이전의 철학자들에 관한 강의를 많이 했다. 차츰 철학자가 되어 간 니체는 탈레스, 아낙시만드로스, 헤라클레이토스, 아낙사고라스, 엠페도클레스, 데모크리토스 등을 비역사적으로, 그러나 철학적으로는 정당한 방식으로 연구하였다. 즉 그 사상가들을 역사적 및 정신사적인 여러 제약을 넘어선 곳에서 서로 관련하여 연구하는 것이었다.

이러한 연구의 바탕에서 니체는 서서히 반시대적인 것에 착수했다. 당시 1872년에 바그너는 바이로이트에 극장을 세울 계획으로 바이로이트로 이주했다. 니체도 트립센의 바그너가家를 떠났다. 니체가 친구 게르스도르프에게 보낸 편지에는 그 작별의 고통에 대해 쓰고 있다.

"지난 일요일 밤 트립센과 슬픈 작별을 했다네. 모든 것에 감동이 깃들어 있었다네. 하늘에도 구름에도. 내가 그 근처에서 보낸 3년, 내가 스물 세 번이나 그곳을 방문한 3년, 그 세월은 나에게 무엇을 의미하는 것일까. 만약 그 세월이 없었다면 나는 어떻게 되었을까. 그 트립센의 세계를 『비극의 탄생』이라는 책에 고스란히 담은 것을 다행으로 여기는 바라네."

니체는 아직도 바그너와의 작별을 아쉬워 할 만큼 그와의 우정을 중시하고 있다. 그러나 이 공간적인 거리감이 니체와 바그너의 사이를 멀어지게 하는 결정적인 빌미를 주게 되었다.

반시대적 고찰

인식하는 자가 진리의 물 속에 들어가기를 꺼리는 것은 그 물이 얕은 경우이지, 진리가 깨끗하지 못한 경우는 아니다.

『반시대적 고찰』의 첫 출판

니체는 독일적인 여러 상태들, 독일의 문화나 독일인의 성격 등에 대해 늘 비판적이었다. 이러한 모든 비판적 견해는 그가 독일 정신을 찬미하고 독일 음악을 너무나 사랑했던 것, 그것의 반사에 불과했다. 니체는 너무나 독일을 사랑했으며, 대중문화와 계몽사상에 의해 죽어가고 있는 독일을 살리고자 하는 소명감에 가득 차 있었다.

이때부터 니체는 고전문헌학자에서 시대비평가로 전환한다. 이러한 전환의 최초 저서로 그는 『반시대적 고찰』을 썼다. 『반시대적 고찰』은 네 개의 논문으로 이루어져 있으며, 각각 그 내용에 따라 제목이 붙어 있다.

"『반시대적 고찰』을 구성하고 있는 네 개의 논문은 철저하게 전투적인 것이다. 그것들은 내가 결코 몽상가가 아니라는 사실과, 내가 칼을 드는 것을 즐긴다는 것, 그리고 또한 나의 손목이 위험스러울 만큼 자유롭다는 것을 증명하고 있는 것이다. 맨 처음의 공격은 당시 내가 무자비한 경멸의 눈으로 보고 있었던 독일 문화에 대해 행해졌던 것이다. 그것은 의미도 없고 목표도 없고 실물도 없는 단순한 여론에 불과하다. 독일의 무력적 승리가, 이 문화[교양]에 어떤 유리한 것을 혹은 프랑스에 대한 이 문화의 승리까지도 증명한다고 믿는 것보다 더 위험한 오해는 없다."

최초의 『반시대적 고찰』은 '고백자이며 저술가로서의 다비드 슈트라우스'라는 제목이 붙어 있다. 다비드 슈트라우스는 프로테스탄트 목사이며, 그가 27세에 쓴 『예수의 생애』는 니체가 즐겨 읽었던 책이다. 니체가 슈트라우스에 감격한 것은 그의 파괴적인 기독교에 대한 비판이었다. 다비드 슈트라우스는 『예수의 생애』로 신학계의 심한 반발을 샀으며, 그 때문에 신학을 중단하기도 했다.

그러나 훗날 그는 이 책을 개작하여 『독일 민족을 위해서 개작한 예수의 생애』라는 제목으로 출판하고 다시 신학에 복귀했다. 이 개작한 책에서 슈트라우스가 젊었을 때의 학문에 바탕이 되었던 일종의 낙관주의를 고백하였기 때문에 니체는 슈트라우스를 반대했다. 또한 다비드 슈트라우스는 바그너를 충분히 평가하지도 않았다.

"독일의 여론은 전쟁의, 특히 승리로 끝난 한 전쟁의 메스껍고 위험스러운 성과에 대해서 말하는 것을 거의 금하고 있는 것처럼 보인다. 그러나 그럴수록 더, 그 여론보다 중요한 의견도 지니지 못하고, 그래서 다투어 전쟁 찬미에 노력하고, 논리와 문화와 예술에 있어서 전쟁의 영향으로 생긴 중대한 여러 현상들을 환호하는 저술가들의 언설이 즐겨 경청되는 것이다. 그럼에도 대승리란 커다란 위험이라고 감히 말하지 않을 수가 없는 것이다. 사람의 본성은 패배보다 승리 쪽이 더 견디기 어려운 것이다. 대승리를 획득하는 편이 심한 패배를 견디는 것보다, 오히려 나은 것처럼 생각될 정도이다.

프랑스와 벌어진 최근의 전쟁이 만든 모든 메스꺼운 성과 중에서 아마도 가장 메스꺼운 성과는 각지에 퍼져버린, 아니 독일 전체를 휩쓸고 있는 하나의 오류일 것이다. 즉, 저 싸움에서 독일 문화도 승리를 거두었으며, 그래서 이제 독일 문화도 또한 이 야릇한 성과에 어울리는 화환으로 장식되어야만 마땅하다고 하는 오류인 것이다. 이 광기狂氣는 가장 나쁜 것이다. 그것이 단 하나의 광기이기 때문이 아니라, 우리나라의 승리를 완전한 패배로 변경할 수 있는 즉, 독일제국을 만들어 버리기 위해서, 독일 정신이 패배하고 근절되어 버리는 사태를 일으키지 않을 수 없기 때문이다."

이상이 제 1의 반시대적 고찰의 중요한 주제이다. 이 논문이 발표되고 얼마 후에 다비드 슈트라우스는 사망했다. 결코 그것 때문이 아닌데도 니체는 자신의 글 때문에 다비드 슈트라우스가 고민 끝에 죽은 것이라고 생각했다. 친구 게르스도르프에게 자신의 죄책감이 담긴 편지를 보냈다.

"어제 다비드 슈트라우스의 장례가 있었다. 나는 그의 생애의 말기가 나로 인해 고통당하지 않았기를 바랄 뿐이다. 내 글에 대해 아무것도 모르고 떠났기를 바랄 뿐이다."

제 2의 반시대적 고찰은 '삶에 대한 역사의 이해'라는 제목으로 되어 있다. 그는 자서전『이 사람을 보라』에서 자신의 제 2의 반시대적 고찰에 대해

다음과 같이 말하고 있다.

"두 번째 논문은 우리의 과학적 연구 방식에서 위험한 것, 생명에 해독을 끼치는 것들을 폭로하고 있다. 삶은 이 인간성을 잃어버린 톱니바퀴와 기계장치에 의해 괴로움을 당하고 있다. 분업이라는 경제 제도 아래서 사람의 개성은 분해되고, 문화의 본디 목표는 상실되고 말았다. 이 세기가 자랑하는 역사적 의의라는 것은 실은 질병 또는 퇴폐의 징후라는 사실을 이 논문은 밝히고 있다."

니체는 망각되어지는 것을 비역사적인 것이라 부르고, 영원하고 불변의 의미를 지닌 것, 즉 예술과 종교에의 시선을 초역사적인 것이라 칭했다. 또한 역사에는 기념비적 역사, 골동품적 역사, 비판적 역사 등 세 가지가 있다고 설명했다.

기념비적 역사는 역사를 기념비적인 것으로 해석하는 영웅의 역사이다. 그러나 이 세상에 도대체 영웅이라는 것이 가능한가. 역사를 살펴보더라도 그것이 가능하다는 대답은 선뜻 나오지 않는다. 그래서 우리는 다른 역사의 고찰 방법을 생각해낸다. 그것은 골동품적 역사이다. 이와 같은 애호적, 보존적 과거 숭배는 삶에 어떠한 영향도 미칠 수가 없다. 왜냐하면 역사란 과거의 응시에만 그치는 것이 아니고 미래를 위해 과거를 분쇄해 버려도 상관없는 것이라야 하는 것이다. 여기서 자연히 역사의 비판적 기능이 요구된다. 생성하는 것은 모두 몰락하게 마련이다. 그러기에 아무것도 일어나지 않는 편이 낫다.

이 논문은 발표될 당시 사람들에게 호응을 얻지 못했다. 특히 바이로이트에서는 그랬다. 바그너는 이 글을 읽고 니체가 이미 독자적인 길을 향해 나아갔다는 사실을 깨달았다. 그러나 어느 정도 시간이 지나서, 과학의 진보와 역사의 이해가 절실히 요구되자, 그의 제 2의 반시대적 고찰이야말로 가장 높이 평가되었다. 여러 면에서 니체의 사상은 동 시대인들의 생각을 늘 앞지르곤 했다.

제3의 반시대적 고찰은 '교육자로서의 쇼펜하우어'라는 제목으로 되어 있다. 이 제목은 니체가 쇼펜하우어 숭배자였다는 사실을 말해주고 있지만, 이 무렵 니체는 쇼펜하우어 철학에서 자신을 완전히 해방시켜 버렸다. 다만 니체는 이 글을 씀으로써, 자신의 청춘시대의 스승으로서 철학자상像을 보존해 두려고 했을 뿐이었다. 이 논문에는 실제로 쇼펜하우어의 사상보다는 그의 인격이나 태도가 더 많은 비중을 차지하고 있다. 마침내 니체는 쇼펜하우어를 극복하였다. 쇼펜하우어는 니체의 교육자였을 뿐만 아니라 해방자였다.

"교육자로서의 쇼펜하우어는 나의 가장 내적인 역사, 생명의 기록이다. 무엇보다도 나의 서약이! 나의 오늘날의 존재, 내가 오늘날 자리잡고 있는 위치, 이제는 말로서가 아니고, 번갯불로서 말하는 높은 위치에 있다. 아아 나는 그 당시 그것에서 얼마나 먼 거리에 놓여 있었던가! 나는 길, 바다, 위험에 관하여, 그리고 성공에 관하여서 조금도 내 눈을 속이지 않았다! 약속 가운데 서리는 커다란 안식, 단순히 하나의 희망으로서만 끝나서는 안 되는 미래에 대한 이 행복스런 전망이여!

철학자라는 것은 그 앞에서는 모든 것이 위험한 하나의 무서운 폭발물로 해석하고 있다는 것, 나의 '철학자'라는 개념은 아카데믹한 묵상가와 그밖에 철학교수들은 말할 것도 없고, 칸트와 같은 사람까지도 포함하는 개념과는 거리가 멀다는 것, 그러한 것에 관하여 이 책이 여기서 말하는 것은 결국 '교육자로서의 쇼펜하우어'가 아니고, 그 반대인 '교육자로서의 니체'라는 것을 인정한다면 이 논문은 무한한 가치가 있는 교시를 준다."

이는 니체의 자서전『이 사람을 보라』에서 그 자신이 한 말이다.

제3의 반시대적 고찰은 발표 당시에 큰 호응을 얻었다. 여러 친구들에게서 편지가 날아들었으며, 프리츠 레켈 박사는 다음과 같은 말을 했다.

"이 논문 전체는 니체의 개인적인 성격을 나타내고 있다. 한 철학자에 대한 개인적인 찬사이지만, 그의 철학 내용에 관해서는 극히 조금밖에 언급되어 있지 않다. 니체는 한결같이 쇼펜하우어의 인격을 관찰하고 그 인격이 미치는 영향을 관찰했다. 그리고 거기에다가 미래의 철학자(니체 자신)에 관한 관찰을 결부시키고 있다. 필경 이 논문은 쇼펜하우어에 관해서 겪은 경험이나 이 경험에서 떠오른 자기의 이상을 고백한 것이다."

이 논문이 출판된 후 니체는 이상한 전보를 받았다. 전보의 내용은 이러했다.

"너는 네가 이해한 영혼을 닮았을 뿐이다. 나를 닮지는 않았다. 쇼펜하우어."

누가 그러한 의미심장한 전보를 보냈는지는 끝내 알 수 없었다.

두 별의 거리감

제 4의 반시대적 고찰에는 '바이로이트에서의 리하르트 바그너'라는 제목이 붙어 있다. 이것은 명백하게도 니체의 변화를 나타내주는 것이다. 바그너 예술에 대한 비판적인 경원, 바그너가 바이로이트로 떠난 후 그러니까 트립센에서의 생활을 마지막으로 두 사람 사이에 친밀한 접촉은 더 이상 계속되지 못했다.

1872년 늦가을 니체는 다시 한 번 바그너와 코지마를 만나기도 했다. 그러나 두 사람 사이가 멀어진 결정적인 원인은 그 해 크리스마스 때 바그너의 초대를 니체가 거절한 데 있었다. 이 거절을 바그너는 매우 불쾌하게 여겼고, 또한 그러한 뜻을 알렸다. 상처받기 쉬운 니체도 뒤늦게나마 부활제 휴가를 이용하여 로데와 함께 바그너를 방문하였다. 그러나 바그너와의 친밀한 관계는 복원되지 않았다.

"바그너와 나 사이의 최초의 결렬은 바이로이트 체제 중에 바그너가 무의식중 나에게 참지 못한 데서 초래되었다. 나는 그리스 비극에 관해 이야기를 하였는데, 그의 마음속에 있는 것은, 그 자신과 그 앞에 무릎 꿇지 않는 세상의 잘못에 대한 것뿐이었다."

니체는 바그너와 더불어 자신의 원고「그리스인의 비극시대의 철학」에 관해 토론할 수 있기를 기대하였다. 그러나 바그너는 바이로이트 극장의 심한 재정적 곤란과 대중의 관심 부족에 대해 고심하고 있었으므로, 고대 그리스 사상가들에게 관심을 가질 여유가 없었다. 니체는 바그너의 태도에 실망했다. 니체에게 비친 바그너는 예술의 거장이 아니라 자신의 사업을 위해 싸우는 사람 바그너였던 것이다. 이때의 상황은 1873년 4월18일 니체가 바그너에게 보낸 서신에 잘 나타나 있다.

"존경하는 선생님, 저는 매일 저 바이로이트에서의 나날을 회상하며 살고 있습니다. 그 극히 짧았던 기간에 새롭게 배워서 알게 된 것들이 더욱 더 크게 부풀어 오르면서 제 앞에서 전개되고 있습니다. 제가 방문하였을 때 저희들과 같이 있음으로써 어떤 내키지 않는 것이 있었던 것 같았으나, 그것을 저는 어쩔 수가 없었습니다. 다만 기분만은 잘 알겠습니다. 저는 빨리 배울 줄 모르며, 그리고 순간마다 제가 일찍이 생각해 보지도 못한 것 같은 무엇을 체험하고, 그것을 기억에 남겨두고자 하는 것입니다.

존경하는 선생님, 이와 같은 저의 방문이 당신에게 결코 기분 전환이 되지 못하고 때로는 견딜 수 없는 것이라는 걸 저는 잘 알고 있습니다. 저는 가끔 적어도 더욱 큰 자유와 자립성의 풍모를 지니려고 스스로 바랐던 것인데, 그것은 결국 소용없었던 것입니다. 그러니 부디 저를 단순한 제자로서만 대해주십시오. 손에 펜과 너트만을 들고 있는 제자로서 말입니다. 사실을 말하는 저는 날로 우울해지고 있습니다. 어떻게 해서라도 당신의 소용이 되고 도움에 닿는다면 얼마나 기쁠 것인가 생각해 보지만, 그러나 당신의 휴양과 기분 전환을 위해서도 저는 아무것도 할 수 없다는 것을 깊이 느끼기에."

실은 니체의 바그너에 대한 의존과 예속은 그때 이미 위의 시선에서 보이는 것만큼 크지는 않았다. 그는 이보다 앞서 친구에게 보낸 다른 편지에서 바그너에 대해서, "모든 중요한 점에서는 여전히 경의를 표하고 있지만, 대수롭지 않은 사소한 이차적인 점에서는 너무나 자주 개인적인 형태로 만나지 않도록 피하는 것이 나에게 좋을 것 같다"고 쓰고 있다.

니체를 눈뜨게 만든 것은 무엇보다도 대항 의식이었다. 그는 바그너를 점차 다르게 보았으며, 바그너의 작품에 대해서도 비판적인 태도를 취했다. 이 감정 때문에 열광적인 사랑이, 처음엔 무자각하기는 하였으나, 끊임없이 사랑하기 때문에 혐오감으로 변했던 것이다. 그러나 두 사람 사이의 우정은 아직까지는 그리 위험 상태는 아니었다.

'바이로이트에서 리하르트 바그너'는 그 고찰이 통일적, 일관적이지 못하고 모순되는 느낌을 준다. 이는 바그너에 대한 니체의 감정이 제대로 정리되어 있지 않다는 것을 나타낸다. 즉, 이 무렵 니체는 바그너의 예술에 대해 비판적으로 멀어지는 상태에 있었으나, 겉으로는 예전과 똑같이 바그너를 찬미했다. 니체의 의식은 두 가지 모순된 감정으로 찢겨 있었다. 이 논문 끝에는 다음과 같은 허약한 변명이 쓰여 있지만, 바그너에 대한 니체의 비판적인 견해를 숨기지 못하고 있다.

"그러나 무엇보다도 먼저, 시인이면서 말의 조형가인 바그너에 관해서 숙고하려는 자가 결코 잊어서는 안 될 것이 있다. 그것은 바그너의 작품은 어느 것이나 읽혀지기 위해서 저작된 것이 아니라는 것, 따라서 말의 유희에 대해서 행해지는 것과 같은 요구를 첨부해서 바그너를 괴롭혀서는 안 된다고 하는 것이다."

이 말 속에는 바그너의 필설은 불충분하다고 하는 고백도 숨겨져 있다. 게다가 니체는 저술가 바그너에 대해서, "오른손이 꺾였기 때문에 이번에는 왼손으로 싸우고 있는 용사의 무리함이 보인다"고까지 말했다.

쇼펜하우어에게 그랬던 것처럼, 제4의 반시대적 고찰은 니체가 바그너를 극복하는 한 방법이었다. "'바이로이트에서의 리하르트 바그너'는 바로 미래의 나의 환영이다"라는 진술을 하듯이, 보다 적극적인 노력은 『인간적인 너무나 인간적인』에서 이루어지지만, 이것은 그 예비적 단계였다.

니체는 증정본과 편지를 바그너에게 보냈다. 그 무렵엔 여러 가지 고난 끝에 바이로이트의 계획이 완성되어 가고 있었다.

"바그너 선생님, 이것은 바이로이트에 바치는 나의 축하 연설입니다. 당신이 이 책을 어떻게 받아들일지는 전혀 알 수 없습니다. 당신은 전에 최초의 편지에서도 독일적 자유에 대해 말씀하신 적이 있습니다. 나는 지금 이 신념에 의지할 뿐입니다."

"벗이여, 그대가 쓴 책은 놀라운 것입니다. 어떻게 그렇게 정확하게 나를 파악했는지요. 곧 와서 실제로 나의 시연試演을 보고 그대의 인상을 확인해 보시기 바랍니다."

이것은 바그너가 니체에게 보낸 최후의 편지였다. 니체는 바그너의 초대에 즉시 응했다. 아마도 바그너는 그 책 속에 숨겨진 니체의 변화를 알아차리지 못했음이 분명했다. 바이로이트에서 니체는 또다시 커다란 실망을 했다. 그는 바그너의 「니벨룽겐의 반지」의 시연을 보았는데 그 감상을 "너무나 독일적이며, 내가 바라던 디오니소스적 마술의 음악이 아니었다"라고 적었다. 이 때부터 니체와 바그너의 내적 관계는 눈에 띄게 벌어졌다. 훗날 니체는 『니체 대 바그너』에서 다시 한 번 이 과정을 변명한다.

"이미 1876년 여름 최초의 축제극이 있던 기간 중, 나는 남몰래 바그너와 결별하였다. 나는 애매한 것을 결코 견딜 수가 없었다. 바그너가 독일에 있게 되면서부터 그는 내가 경멸하고 있었던 것에 한발 한발 굴복해 가고 있었다. 반유태주의까지도. 사실 그때야말로 결별해야 할 가장 좋은 시기였던 것이다."

두 사람이 마지막으로 만난 것은 1876년 가을 소렌토에서였다. 소렌토 체류 기간의 마지막 날 니체는 바그너와 산책을 하게 되는데, 이때 바그너는 자신이 쓰고 있는 '파르시팔'에 대해 이야기했다. 그는 '파르시팔'이라는 소재가 지닌 특별히 기독교적인 모티브를 살리기 위해 자기가 얼마나 진지하게 되었는가를 말하기도 했다. 니체는 얼음 같은 침묵에 떨어졌고 그러다가 돌연 바그너에게 인사를 하고 헤어졌다. 그 후 두 사람은 다시는 만나지 않았다.

당시 니체는『인간적인 너무나 인간적인』을 쓰고 있었다. 1878년 1월 바그너는 그의 '파르시팔'을 완성하여 니체에게 보냈다. 바그너는 그때까지도 니체의 변화를 느끼지 못하고 있었으며, 아무런 악의도 지니지 않았던 것 같다. 같은 해 5월에 니체는『인간적인 너무나 인간적인』을 출판하여 바그너에게 증정했다. 이 책에는 바그너에 대한 니체의 적의가 노골적으로 드러나 있다. 소렌토에서 있었던 일을 기록하고 있는 부분을 인용해 보자.

"결별을 하는 데는 확실히 그 때가 가장 좋은 시기였다. 그러한 사실은 바로 그 자리에서 입증되었다. 가장 빛나는 승리자로 보였던 리하르트 바그너가 사실은 절망적으로 부패한 낭만주의자여서, 반항 한 번 제대로 못하고 기독교의 십자가 아래 무릎 꿇고 말았던 것이다. 이 무서운 광경을 보면서 가끔 아파할 독일인이 한 사람도 없었단 말인가? 오직 나 혼자뿐이었단 말인가? 그것을 목격하고 난 뒤 나는 병이 들고 말았다. 우리 근대인들에게 흥분제로 남겨진 무차별한 정력, 노동, 희망, 청춘, 사랑에 대한 끝없는 환멸 때문에 지쳐 버렸던 것이다."

이 책이 그의 두 벗, 바그너와 코지마에게 충격과 상처를 준 것은 당연했다. 그러나 두 사람은 침묵을 지켰다. 다만 바그너가 『바이로이트 블레터』 잡지 8월호에 '대중과 인기'라는 글을 실어 니체의 사고에 대한 우회적인 비판을 했다. 비판할 때는 사악함마저 마다하지 않는 바그너로선 실로 유연하고 부드러운 태도였다. 이리하여 독일의 두 위대한 예술가의 세기적인 우정은 완벽하게 파국을 맞게 되었다. 이 우정의 결렬에 대해 콜린 윌슨은 다음과 같이 분석했다.

"나와 같이 기회가 있을 때마다 애써 읽고 바그너를 듣는 사람이라면, 이러한 인물들이 왜 사이가 벌어진 것인지 의심해 보지 않을 수 없다. 그 답은, 니체가 어디까지나 자기를 초월하려는 의욕을 잃지 않은 불굴의 시인이며, 철학자였음에 반하여 바그너는 현재의 자기에 만족하는 인기 작곡가였다는 데 있다. 자기 극복자는, 자기를 회의하지 않는 사람에게 참을 수 없는 혐오를 느끼게 마련이다. 어느 날 니체는 명가수의 노래를 듣고서 거기엔 바이올린과 프렌치, 호른의 가락에 깃든 자기만족 외에 아무 것도 없음을 알게 되었다. 그리고 예언자 바그너는 지난날의 제자의 변절에 괴로워하게 되는 것이다."

니체는 이렇게 하여, 그의 젊은 날의 스승들, 쇼펜하우어와 바그너를 하나씩 극복했다. 이러한 부정의 시도야말로 자기를 발전시키고 계발하기를 꾀하는 자에게 필수불가결한 것이다.

니체는 『차라투스트라는 이렇게 말했다』에서 자신의 이러한 신념을 말하고 있다.

"언제까지나 제자로 있는 것은 스승에게 보답하는 길이 못 된다. 어째서 그대들은 내 화관을 뺏으려 하지 않는가.

그대들은 나를 공경한다. 그러나 그대들의 숭배가 뒤집히는 날이 없다고 누가 장담하겠는가. 그때 넘어지는 내 동상에 깔리지 않도록 조심하라."

코지마, 니체를 드러내준 최초의 여성

코지마는 니체를 니체로 드러내게 해준 최초의 여성이었다. 니체는 코지마 바그너를 '아리아드네'라는 가명으로 불렀다. 아리아드네는 그리스 신화에 나오는 인물로, 처음의 남편 테세우스에게 버림받고 디오니소스의 아내가 되었다. 니체가 자주 자신을 디오니소스에 비유한 사실에 비추어 볼 때, 그가 사랑했던 코지마 바그너를 아리아드네라고 부르는 것은 적절한 비유가 될 것이다.

"내가 코지마 바그너를 마지막으로 보았을 때 그녀는 흡사 '파르시팔' 전주곡의 마지막 음부音符와도 같은 슬픈 사랑의 일별을 내게 던지는 것이었다. 그러나 나는 나의 인간적 그리고 초인적 자만심의 제단에다 그녀를 제물로 바쳐야만 했다. 지식의 열렬한 애인으로서 나는 '여성이란 위대한' 수수께끼에 처음으로 무장해제 당했다. 그리하여 나는 사랑의 노예가 되어 그녀 앞에서 굽실대며 심부름을 다니고 천한 일을 하면서, 내 속에 있는 남자의 인격을 저하시키면서까지 그녀의 비위를 맞추고 있었던 것이다. 왜냐하면 그녀는 진정한 바그너주의자였던 만큼, 그녀는 제 벌거벗은 등에다 나를 태우고 여성왕국인 발퀴르의 낙원으로 데려가 남자로서의 나를 모멸하고, 나를 파괴해서 전멸시키려는 치명적인 갈망으로 이글거렸기 때문이다.

요염하게 이글거리는 격노한 그녀의 얼굴 속에서 나는 파괴하기 위해 사랑하고, 사랑하기 위해 파괴하는 우리 시대의 허무주의가 반영된 것을 보았다. 존재의 신비, 곧 권력과 영광을 향해 우주까지 뻗쳐, 마침내 그 동경에 의해 신과 같이 되는 자아의 기적과의 접촉을 잃어버렸기 때문에 니힐리즘은 살인적 색정의 발굽 아래, 자아를 분쇄하고자 하는 것이다. 바그너는 어느 땐가 내게 말하기를 나를 그의 가슴 속에서 코지마와 그의 개 사이에다, 다시 말하면 두 짐승 사이에다 두고 있다는 것이었다. 나는 나의 것인 이 금수의 여신에게서 도망쳤다. 마치 내가 미친 왕과 바그너 자신에게서 달아났듯이."

니체가 코지마를 마지막으로 본 것은 1876년 바이로이트에서였다. 니체의 생애를 미화하고 도덕적으로 옹호하는 입장에서 쓰인 엘리자베드 니체의 자서전에는 당시 니체가 바이로이트를 떠날 때의 기록을 이렇게 적고 있다.

"바이로이트에는 한 아름다운 파리의 여성이 있어, 오빠는 적잖이 마음이 끌리고 있었으나, 이제는 그곳을 떠나지 않으면 안 되었다. 그리고 그 여성은 이미 결혼한 몸이었다."

이 때를 마지막으로 코지마와의 현실적인 접촉은 끝나나, 니체는 계속하여 코지마를 염두에 두고 있었음이 분명하다. 니체의 발병 직전, 1887년 출판된 시집 『디오니소스의 찬가』에는 아리아드네를 찬미한 시편들이 보인다. 또한 발병 직후 투린에서 보낸 니체의 마지막 비극적인 편지는 다음과 같이 끝맺어져 있다.

“아리아드네여, 내 그대를 사랑하노라. 디오니소스.”

그리고 그가 오버베크에 의해 정신병원으로 옮겨졌을 때, 그는 고요한 체념의 태도로 의사에게 다음과 같이 말했다.

“나를 여기로 데려온 것은 내 아내 코지마 바그너입니다.”

니체의 여러 가지 고백을 통해 우리는 코지마와의 관계가 처음부터 정신적인 것 이상이었음을 알게 된다. 따라서 그의 바그너와의 결별은, 그것이 바로 영원불멸인 사랑하는 코지마로부터 멀어지는 것이었기에 정녕코 운명적인 것이었다.

“오오, 사랑이여, 사랑이여, 내게로 돌아와 다오. 그대의 치유하는 날개 위에 내 생명을 실어다오! 아리아드네여, 내 그대를 사랑하노라! 나는 그대를 사랑한다. 아리아드네여! 오로지 내 아내 코지마만이 저 영원한 여성의 가슴에서 디오니소스와 예수가 상봉하는 사랑의 세계로 날 데려가 줄 수 있나니. 영원한 여성이란 바로 영원한 환희로다.”

인간적인 너무나 인간적인

나는 천재이다. 그러므로 나는 그대들에게 미소를 짓거나 침을 뱉거나 할 수 있다.

궤도를 잃은 방랑하는 별

1876년 니체는 건강 악화로 바젤 대학을 휴직했다. 건강의 위협은 그의 생활은 물론, 정신 건강에까지 영향을 미쳤다. 니체의 불안한 정신적 상태가 바그너와의 결별을 한층 가속화시키는 요인이 되었을지도 모른다. 당시 니체는 바그너에게 짜증을 냈던 것과 같은 이유로 친구와 지지자들을 잃게 되었다. 리칠의 총애도 상실했고, 친구 로데와의 관계도 흔들리게 되었으며, 게르스도르프와의 관계도 흔들리고 있었다. 병으로 인한 정신적 갈등의 결과가 주위 사람들과의 관계를 악화시켰다고 볼 수 있듯이, 어쩌면 그들과의 갈등 때문에 질병이 악화되었다고도 추측할 수 있을 것이다.

니체는 드디어 1879년에 정식으로 바젤 대학에 사직서를 제출했다. 당시 그는 심한 두통과 눈의 통증, 그리고 끊임없는 구토가 따르는 발작이 규칙적으로 일어나는 고통속에 있었다. 니체가 할 수 있는 일이란 바젤 대학을 사직하고, 기후가 좋은 곳을 찾아 자신의 건강을 돌보는 것뿐이었다.

페터 가스트.

"나는 건강 상태로 인하여 마침내 최후의 신고를 하게 되었습니다. 아무쪼록 대학 교수로서 지금까지의 지위를 사임하는 것을 허락하여 주십시오. 그 동안에도 스스로 유감으로 여기는 바, 점점 악화되는 두통과 시력의 감퇴로 여러 번 직무상 규칙을 어겼던 것입니다만, 이제는 전혀 의무를 이행할 수 없게 되었습니다. 책임을 다하지 못하는 지위에 더 이상 머물러 있다는 것은 우리 대학과 문헌학계를 위해서 불리한 일이며, 한편 주기적으로 일어나는 나의 두통이 조만간 완쾌되리라는 희망도 없기 때문입니다. 나는 병을 극복하기 위해 여러 해 동안 온갖 방법을 다했습니다만, 결국 모두가 헛수고였다는 것을 인정하지 않을 수 없습니다. 지금에 이르러서는 사임을 희망하는 동시에 아울러 귀교가 제게 베풀어준 여러 가지 관용을 감사하게 여길 따름입니다."

니체가 요청한 사임이 승인되고, 3,000프랑의 연금이 지급됐다. 교수직을 사임한 니체는 센트 모리스로 갔다.

당시 니체는 36세였다. 공교롭게도 그의 아버지가 세상을 떠난 때와 같은 나이였다. 니체는 건강이 최악의 경우까지 치달았을 때 이상한 예감에 사로잡혀 불안해하고 있었다.

"나는 35세가 끝날 무렵인데, 이 나이는 1500년 이래 '생애의 한가운데'라고 불려 왔다. 단테는 이 무렵에 그의 시적 환상을 지녔고, 그의 시 최초의 몇 구절은 이 나이에 대해 언급하고 있다. 그런데 나는 생애의 한가운데 있으면서도, 언제 죽음이 닥칠지 모를 만큼 '죽음에 둘러싸여' 있는 것이다. 나의 병으로 추측해보건대, 나는 발작에 의한 급사를 염두에 두지 않을 수 없다. (비록 그럴지언정 나는 벗들과 유유히 이야기를 나눌 만큼 의식이 명료한 채 죽어가고 싶다. 급사하는 것보다 그 편이 훨씬 고통스러울지 모르지만, 그러나 백배나 그 쪽이 낫다.) 그런 의미에서 나는 지금 나이 든 노인과 같은 기분을 가지고 있다. 단순히 그런 외적인 의미에서 뿐만 아니라, 나의 생애와 일을 다 해버렸다고 하는 점에서 그렇다.

향긋한 올리브기름 한 방울이 나에게 뿌려졌다. 이 일을 나는 알고 있다. 그리고 사람들도 이 일을 기억하리라. 근본적으로 나는 나의 인생 고찰에 대한 시험을 치러버렸다. 많은 사람들은 앞으로 계속하여 그러한 일을 할 것이지만, 나의 정서는 그러나 지금 이 순간에 이르도록 끊임없이 괴로운 질병에 의해 풀이 죽지는 않았다. 그렇기는커녕 때때로 나는 이전의 모든 생활에서보다 훨씬 쾌활하게, 호전적으로 내 생활이 느껴지는 것이다. 질병을 강화시키고 치유하는 이러한 힘을 누구에게 나누어주면 좋을까. 사람들에게는 아니다. 극히 몇몇 사람을 제외하면 사람들이란, 모두 최근 수년 사이에 나에게 화를 내고 있으며, 더구나 그 일을 나에게 나타내는 것을 주저하지도 않았기에."

이 편지는 1879년 9월11일에 센트 모리스에서 페터 가스트에게 보낸 것이다. 페터 가스트는 젊은 음악가로서, 니체가 바젤에 근무할 때 니체를 만나러 그곳에 왔던 사람이다. 그는 니체의 영향을 강하게 받고 있었으며, 그의 강의에도 빠지지 않고 출석하고, 니체를 숭배하고 있었다. 니체는 니체대로 음악가로서, 사람으로서 가스트에게 매혹되었다. 가스트는 줄곧 니체의 방랑의 벗이 되어 주었다. 눈이 나쁘고 병을 앓는 니체의 손발이 되어 니체가 부르는 것을 받아쓰거나, 그의 시들을 모아 『디오니소스의 찬가』라는 시집을 출판하기도 했다. 니체의 잦은 이주를 돌보아준 또 한 명의 헌신적인 사람은 누이 엘리자베드였다. 엘리자베드는 어머니와 오빠를 번갈아가며 돌보았다.

엘리자베드 니체.

보다 나은 환경과 기후를 찾아 여러 지방으로 이주해 다니는 니체의 여행은, 여행이라기보다 일종의 도피와 같은 인상을 주었다. 니체 자신은 이러한 생활을 '방랑'이라고 칭했다. 그의 자서전 『이 사람을 보라』를 인용해 보자.

"나는 바젤 대학 교수직을 사임하고 여름 동안 센트 모리스에서 그림자처럼 지냈다. 내 평생 가장 침울했던 다음 겨울에는 나움부르크에서 그림자 그 자체가 되어 지냈다. 이것이 나의 가장 쇠퇴한 시기였다. 이 무렵에 『방랑자와 그 그림자』라는 책을 썼다. 의심할 나위도 없이 나는 그때 그림자와 친근해져 있었다. 그 다음해에는, 제네바에서 처음으로 겨울을 겪었는데, 피와 근육이 극도로 빈곤한 탓이라고도 볼 수 있었다. 하지만 사물을 감미화甘美化, 정신화精神化하는 작용이 『서광』이라는 책을 쓰게 했다."

제네바에서 겨울을 보낸 다음, 여름은 살스 마리아에서, 다시 겨울은 제네바에서 보내곤 했다. 이 때 제네바에서 비제의 '카르멘'을 보았는데, 니체는 비제를 격찬하며, 바그너를 대신하여 비제를 선택하기도 했다. 바그너에 대한 경멸이 얼마나 그의 눈을 멀게 했는가를 여실히 나타내주는 하나의 예라고 볼 수 있다.

이러한 상태들을 니체는 바그너가 1875년에 권했던 방식으로 해결하려고 시도해 보기도 했다. 니체는 불안정한 생활에 안온함을 얻기 위해 결혼을 하려고 생각했던 것이다. 처음 제네바에서 겨울을 보낸 1876년 니체는 한 네덜란드 여성 마틸데 트람페다흐를 알게 되었다. 니체는 이 여성과 며칠간 교제하였는데, 니체가 그곳을 떠나기 전날 밤 4시간을 산보한 후에 그녀에게 구혼을 했다. 니체의 매우 조심스럽고, 그리고 서툴고 어색한 구혼 편지는 다음과 같은 것이다.

"안녕하십니까? 오늘 저녁 당신이 저를 위해 무엇인가를 적어 주셨기에 (그날 그녀는 니체에게 롱펠로의 '보다 높이'를 읽고 자신의 인생관을 발견했다고 말했다) 저도 당신을 위해서 무엇인가 적고자 합니다만.

당신의 모든 마음의 용기를 집중해 주십시오. 그리하여 지금 제가 당신에게 드리는 질문에 놀라지 않도록 하십시오. 당신은 제 아내가 되려고는 생각하지 않습니까? 저는 당신을 사랑합니다. 그래서 당신이 이미 제 사람이 된 기분입니다. 이러한 제 사랑이 갑작스러운 것이라고 탓하신다면 아무 말도 않겠습니다. 적어도 갑작스럽다는 것이 죄가 되지는 않기 때문입니다. 다만 제가 알고 싶어 하는 것은 당신이 저와 똑같은 생각을 하고 계신가 하는 것, 두 사람은 언제나 아니 한시라도 다른 사람이 아니었다는 것입니다.

그래서 두 사람이 제각기 따로 사는 것보다는 같이 사는 편이 두 사람을 더욱 자유롭게, 더욱 잘, 즉 '보다 드높게' 하리라고 생각하지 않습니까? 저와 더불어 생각하려고 하지 않습니까. 나는 마음에서 자유와 개선을 얻으려고 노력합니다. 생활과 사색의 모든 첩경을 함께 나아가려고 생각하지는 않습니까? 부디 솔직히 그리고 허심탄회하게 대답해 주십시오. 이 서신과 나의 구혼에 관해서는 우리들 두 사람의 공통의 벗인 폰 젱거 이외에는 아무도 모릅니다.

저는 내일 11시 급행열차로 바젤로 돌아갑니다. 꼭 가야만 하는 일입니다. 바젤의 제 주소를 동봉합니다. 만일 제 요구에 당신이 긍정해 주신다면, 저는 당신 어머니의 주소를 당신에게서 알아 바로 서신을 드리지요. 서슴지 마시고 가부간을 바로 결정할 수 있다면 당신의 서신은 내일 10시까지 호텔 가르니 테라 포스트의 저에게 도착될 것입니다.

좋은 일과 축복을 영원히 당신에게."

이것은 매우 당돌한, 또한 어처구니없는 구혼이었다. 니체는 바젤에 돌아와, 그 네덜란드 여인에게 사과의 편지를 냈다. 니체의 정서적 불안과, 안정에 대한 간절한 바람은 그를 충동에 따라 행동하도록 만들었던 것 같다. 더구나 그 여인은 니체에게 그녀를 소개해 주었던 젊은 친구와 결혼하기로 되어 있었던 것이다.

"아가씨, 당신은 나를 너그럽게 용서해 주셨습니다. 나는 제 그런 난폭한 행동을 괴로워하고 있었기 때문에, 당신의 부드러운 말씀에 대해 정말 무어라고 감사를 드려야 할지 모르겠습니다. 나는 더 이상 아가씨를 만날 면목도 없으며, 변명을 할 수도 없습니다. 다만 한 가지 부탁드릴 것이 있습니다. 그것은 다름이 아니라, 앞으로 활자를 통해 제 이름을 보시는 경우, 또는 나를 만나게 되는 경우, 내가 당신에게 끼친 놀라움만을 생각하지는 말아달라는 것입니다."

니체의 기이한 구혼 소동은 끝났다. 이로부터 얼마 지나지 않아, 니체는 루 살로메를 알게 된 후 다시 한 번 결혼을 생각하게 되었다. 그러나 니체는 늘 결혼에 대해 우유부단한 생각과 태도를 지니고 있었다. 그가 결국은 결혼을 하지 못하게 된 것도 이러한 천성적인 우유부단함 때문일 수도 있다. 또한 니체에게는 항상 그를 보살펴주는 누이 엘리자베드가 있었으며, 그들의 관계가 단순한 오누이의 관계를 넘어서 있었다는 점도 니체가 결혼을 서두르지 않았던 한 요인이었을 것이다.

그대들이 이상적인 것을 보는 곳에서

니체는 방랑 중에도 끊임없이 글을 썼다. 건강이 나빠진 뒤에도 끈질기게 자신의 것을 붙들고 있었다. 학문과 집필이 그에게 병을 주었다면, 바로 그 학문과 집필로 니체는 자신의 병을 견뎌나가고, 살아남아야겠다는 의지를 굳혔던 것이다. 니체는 불리한 조건을 자기에게 유리하도록 이용할 줄 알았다. 그가 어떻게 병을 오히려 유리하도록 이용하였는지 직접 그의 말을 통해서 들어보자.

"병은 나를 괴로움에서 서서히 해방시켰다. 그것은 나로 하여금 모든 결렬, 모든 흉폭과 불쾌한 행동을 피하게 해주었다. 그때 나는 사람들의 호의를 잃지 않았을 뿐만 아니라 오히려 더욱 새로운 호의를 받았을 정도였다. 병은 또 나의 생활양식을 아주 전복시키는 권리를 나에게 주었다. 그것은 나에게 망각을 허용하였을 뿐만 아니라, 적극적으로 망각을 명령하였다. 그것은 나에게 조용히 누워 있을 것을, 유유하게 지낼 것을, 때를 기다리며 참을 필요를 가르쳐 주었다. 이것은 바로 사고思考하는 것을 의미하게 되었다.

나는 눈 때문에 모든 책에서 해방되었다. 나는 수년간 한 권의 책도 읽지 않았다. 이것은 일찍이 내 자신에게 베푼 가장 훌륭한 은혜였다. 말하자면 푹 파묻혀서 다른 사람들의 자아에 귀를 기울여야 하기 때문에 벙어리처럼 하고 있는(그것은 독서를 의미한다) 저 맨 밑의 자기가 서서히 남 몰래 눈뜨기 시작하였다. 나는 드디어 다시 말하게 되었다. 나는 내 평생에 가장 병들고 고통이 심했던 시절처럼 많은 행복을 누린 적은 없었다. 이 자기에의 복귀가 어떤 것인지를 이해하기 위해서는 『서광』 혹은 『방랑자와 그 그림자』를 보면 될 것이다. 이 복귀는 최고의 회복 바로 그것이다."

이 당시의 저서로는 『인간적인 너무나 인간적인』 과 그 속편이 되는 『방랑자와 그 그림자』 『즐거운 지식』 이 있고, 이것과 같은 계열은 아니지만 한결같이 비슷한 내용을 가진 『서광』 이 있다. 계속되는 여행과 질병의 고통 때문에 니체는 오랫동안 책상에 앉아서 집필하거나 추고할 수가 없었다. 대신 연속해서 짧은 단상과 메모, 잠언들이 기록되었고, 단편적인 에세이가 쓰였다. 그의 정신은 현실적인 환경들에 얽매임 없이 매우 자유로웠다. 그리고 그것은 니체 자신의 의식적 노력의 결과였다. 그는 인간적인 것과 그 속편에 다음과 같은 부제를 붙였다.

—자유정신을 위한 책

"『인간적인 너무나 인간적인』은 하나의 위기에 대한 기념비다. 그것은 자유정신을 위한 책이라고 불린다. 이 책 속의 모든 문장이 거의 다 승리의 표현인 것이다. 나는 이 책에 의해서 내 성직 속에 있는, 나에게 알맞지 않은 것으로부터 나를 해방시켰다. 이상주의理想主義는 나에게 적합하지 않다. 이 책의 표제의 뜻은 '그대들이 이상적인 것을 보는 곳에서 나는 인간적인 너무나 인간적인 것을 볼 뿐이다'라는 것이다."

이 책은 과거의 자신과, 종래의 사고방식을 깨고자 하는 위대한 시도이다. 이 돌파는 두 가지 면에서 성공하였다. 내용적으로는 사상가로서 새로운 인생의 통찰에 도달하였다는 점이고, 형식적인 면에서는 저술가로서 자기에게 적합한 문체를 찾아냈다는 점이다. 즉 잠언적 문체를 발견해낸 것이다. 니체의 저작은 비로소 성숙되었다.

니체가 말하는 자유정신이란, 미신과 이상주의에서 사람들을 자유롭게 한다는 의미와, 과거의 자기에서 현재의 자기를 자유롭게 한다는 것이다. 그는 일찍이 기독교의 교리에서 자기를 자유롭게 한 것처럼, 이번에는 쇼펜하우어의 형이상학적 기만에서 자유를 획득하는 것을 의미하며, 또한 바그너에게 배웠던 미학적 고찰 방식에서 자유롭게 되는 것을 의미한다.

"나는 자주 독립을 갈망한다. 이 일에 나는 모든 것을 희생시켜도 좋다. 아마도 나는 쉽게 의존하는 영혼을 지니고 있기에, 아무리 짧은 밧줄에도 다른 사람이 쇠사슬에 괴로움을 당하는 것보다 더 큰 괴로움을 당하기 때문에."

니체는 자유롭게 되었다. 즉 디오니소스적 비합리주의의 붕괴와 형이상학적 초월자의 거부에 이어서, 이성을 억압하는 온갖 구속에서 자유를 얻은 것이다. 고독한 사람은 언제나 되풀이해서 자기를 떼어놓는 사막의 방랑자로서만 현실에서 벗어날 수가 있다. 이와 같은 목표를 지니지 않는 방랑자만이 세계에의 전개가, 따라서 자유가 있다는 보증을 하는 것이다. 이는 『인간적인 너무나 인간적인』 의 제2부가 되는 『방랑자와 그 그림자』 의 모티브가 되었다.

『방랑자와 그 그림자』 는 새로운 주제들을 여러 형식으로 말하고 있다. 아직 체계적인 것은 아니나 잠언적 간결성과 구체적 어법에 성공하고 있다. 예를 들면 기독교의 미래에 관한 생각, 독일적 특성 및 독일적 무례에 관한 헤아릴 수 없는 많은 발언들. 이 중에서 많은 것은 실로 싱싱하고 저자의 예언이 인상에 남아, 그가 말하는 것이 진리라는 것을 나타내기도 한다.

『방랑자와 그 그림자』 와 함께 『인간적인 너무나 인간적인』 의 속편을 이루는 『즐거운 지식』 은 니체의 사상이 발전되어 나가는 과도기적 저술로서, 차라투스트라의 서설이라고 할 수 있다. 이는 거대한 긍정의 서곡이며, 쾌유되고 있는 모습이다.

"나는 더욱더 많은 사물에서 필연적인 것을 아름다운 것으로 보는 것

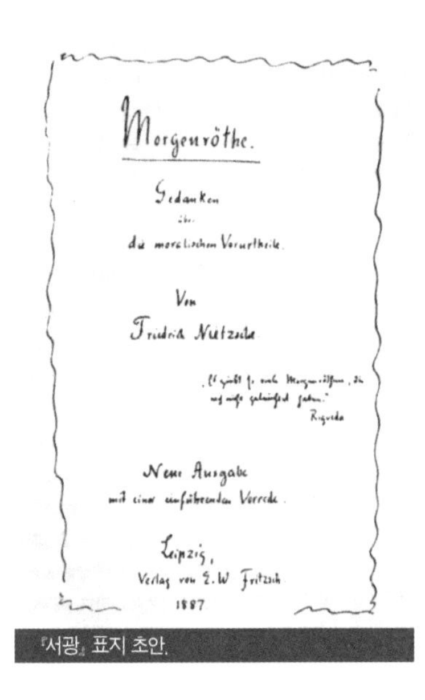

『서광』 표지 초안.

을 배우리라. 그렇게 하면 나는 사물을 아름답게 하는 한 사람이 되리라. 운명애運命愛, 이것이 이후의 내 사랑이다! 나는 미운 것에 대하여 싸움을 걸고 싶지 않다. 나는 비난하고 싶지 않으며 비난하는 자마저도 비난하고 싶지 않다. 눈을 돌리는 것, 이것이 나의 유일한 부정이다! 그리고 이것은 요컨대 나는 언젠가 한 번, 겨우 단 하나의 긍정이고자 하는 것이다."

이것을 계기로 새로운 삶을 긍정하는 사고방식으로의 방향 전환이 이루어졌다. 삶을 긍정한다고는 하더라도 그것이 결코 안이한 낙관주의적인 철학의 보상 같은 것은 아니다.

『인간적인 너무나 인간적인』을 출판했지만 니체는 새로운 지지자 하나 얻지 못했다. 이 작품으로 바그너와의 결별이 확정되었다는 것은 이미 언급한 대로이지만, 로데마저도 이 책을 마음에 들어 하지 않았다. "누가 무어라 해도 그러한 학설을 내가 믿을 것인가. 그대 자신마저도 나는 믿지 않을 것이다." 그 자체로서도 무의미한 이 세상에, 사람의 행위에 대한 책임 같은 것은 없다고 하는 니체의 생각이 로데를 화나게 했던 것이다.

『인간적인 너무나 인간적인』에 이어 『서광』이 나왔다. 새로운 문체의 자유로움과 미덕이 남김없이 투입되었고, 테마가 섬세하고 쾌활하게 다루어지고 있다. 다만 지난 사상들을 되풀이 하는 것에 불과하여 새로운 통찰이 없었다는 아쉬움이 있다.

병의 기원

1888년 말에 더는 손써볼 여지가 없게 되어버린 니체의 정신적 붕괴는 많은 사람들이 관심을 가지고 연구하는 분야였다. 그의 정신적 붕괴는 분명 안타까운 사실이었고 그 안타까운 사랑으로 인하여 사람들은 니체의 정신적 붕괴가 어디에서 비롯되었는지에 관심을 갖는 것이다. 니체를 정신적 붕괴로까지 몰고 간 질병의 내력을 살펴본다는 것은 그의 생애를 더 잘 이해하기 위한 필연적인 순서이다.

질병의 가장 초기 증세는 시력의 약화이다. 엘리자베드 니체의 기록에 의하면, 니체는 포르타 고등학교에 입학하기 전 해에 심한 시력 장애와 두통으로 고통을 받았으며, 성당 부속 고등학교에서 휴학이 허용되기도 했다.

"외할머니는 어려서 한쪽 시력을 잃었기 때문에 손자들의 시력에 특히 주의를 기울이고 있었다. 오빠의 한쪽 시력이 약하고 눈동자의 크기가 고르지 못하다는 사실을 가장 먼저 알아낸 사람도 외할머니였다. 진찰을 받았더니, 정말 한쪽 눈이 약하고, 눈의 기능은 모두 다른 한쪽에만 몰려 있다는 것이었다. 의사는 오빠가 잘 알아듣도록 한쪽 눈은 부지런하고 한쪽 눈은 게으르다고 아이들처럼 말했다."

그의 약시 현상은 유전이 아닌가 싶다. 외할머니도 어려서 한쪽 눈을 잃었다는 기록에서 그것을 추측할 수 있다. 엘리자베드는 이 최초의 시력 장애가 어두운 공부방과 지나친 공부로 인한 시신경의 피로에서 비롯된 것 같다고 추정한다.

니체가 바젤의 교수직을 그만둘 때는 이미 건강이 매우 나빠 있었다. 니체를 진찰한 안과 의사는 "당신의 눈은 학자가 자기의 눈을 어느 정도까지 파괴할 수 있느냐 하는 최악의 예입니다. 당신은 앞으로 몇 해 동안은 한 자도 보지 말고, 한 자도 쓰지 말아야 합니다. 물론 그것은 당신에게 호흡을 금하는 것과 마찬가지겠지만 말입니다"라고 말했다.

포르타 고등학교 당시 니체의 병인록病因錄에는 "다혈多血, 땅딸이형型, 극도로 응시하는 듯한 눈, 근시, 때때로 두통으로 고통받다"라고 기록되어 있다. 1870년에는 두통과 눈의 통증이 더욱 심해져, 편두통성 발작에까지 이르게 되었다.

시력 장애 다음으로 니체 연구가들이 조심스럽게 지적하는 요인으로 매독을 꼽을 수 있다. 그들이 자신의 추측을 가능하게 한 근거로 즐겨 인용하는 것은 파울 도이센의 『니체의 회상』의 일부분이다.

그 기록에 의하면 대학생 시절 니체는 쾰른을 방문한 일이 있는데, 니체의 말에 의하면 '잘못 되어서' 어느 창부의 집으로 안내되었다는 것이다. 도이센의 이 기록이 신뢰할 만한 것이라 하더라도, 이 일로 인해 니체가 정말 매독에 감염되었는가, 그 매독이 뇌질환의 원인이 될 수 있었는가를 연구가들은 회의적으로 지적한다.

니체는 『나의 누이와 나』에서 라이프치히 대학 시절 자신이 매독에 감염되었다는 사실을 기록하고 있다.

"특권과 영예의 짐을 잔뜩 지고 은퇴하는 어떤 종류의 매춘부들과는 달리, 그녀가 비너스로 필생을 바친 헌신에 대한 대가는, 눈 둘레에 불타는 둥근 테, 곪아 들어가는 입, 화농성의 뺨이었다. 빠르게 진행되는 곪은 상처는 나를 공포에 떨게 하고 동시에 호기심을 불러일으켰으니, 병과 죽음으로 분해되어 가는 비너스는 보들레르의 아프로디테요, 자본주의 사회의 매춘부 졸라가 바로 '나나' 속에서 묘사했던, 몰락 속의 승리자였기 때문이다.

그날 밤, 자기 모멸감과 굴욕감에서 시작된 발작으로 나는 이 독을 품은 병주머니와 함께 잤다. 그리하여 지금 정신병원의 의사들은, 선과 악의 두려운 균형 속에 나를 달아보고 있는 여호와와도 같은 수석의사에게 매일 제출하는 보고서 가운데서 그 병리학적 결과를 평가하는 것이다. 그러니까 나를 '십계명에 도전했기 때문에 미쳐버린', 천재의 소름끼치는 예로 보고 있는 저 의학의 바리새인들은…."

또한 니체는 다음과 같이 말하고 있다.

"나의 많은 동료들은 나와 같은 병에 감염되었지만, 그들은 마침 바로 치료했다. 그러나 나는 프로메테우스적 자만과 숙명적인 태만 때문에, 내 자신이 빈민가의 곪아터진 찌꺼기로 가득 찬 하수구처럼 될 때까지, 몸 속에 독이 축적되도록 내버려두었던 것이다. 그리고 바로 그 빈민가에선 소녀들이 거리를 활보하며 가난하고 더럽다고 해서 그들을 비난하는 도시에다 대고 복수를 터뜨리고 있는 것이다. 매독이야말로 가난한 자들이 부자에게 대항하는 무기인 것이다."

매독 다음으로 병의 원인으로 꼽을 수 있는 것은, 병역 복무 중에 낙마 사고로 가슴을 다쳤던 사고를 들 수 있다. 또한 독불전쟁의 간호병으로 종군했다가 이질과 인후 디프테리아에 걸렸던 일을 들 수 있다. 이질은 그 후에도 오랜 기간 하복부 통증의 원인이 되었다.

또 다른 사람들은 1873년 이래, 리하르트 바그너와의 결별이 정신적인 부담으로 노이로제의 원인이 되었다고 보기도 한다. 바그너와의 결별이 만든 심리적인 부담이 그를 질병의 상태로까지 몰고 갔다면, 같은 예로서 루 살로메에게 받은 구혼 거절의 상처를 들 수 있다. 그리고 늘 그를 돌보아 주었던 엘리자베드의 결혼과 그에 따른 배반감들도 니체를 괴롭히는 원인이었을 것이다. 엘리자베드가 결혼 이후 그는 더없이 고독하였다.

정신적인 요인들과는 달리 니체가 약물 중독으로 인해 서서히 정신적으로 무너졌다는 설도 있다. 이때 말하는 약물 중독이란 니체가 육체적 고통을 덜기 위해 복용한 치료제가 아니라, 어떤 종류의 환각제일지도 모른다는 추측이다. 이 약물 중독설은 커다란 논쟁을 일으키기도 했다.

위에서 열거한 모든 요인들이 복합적으로 니체를 정신적 붕괴에까지 몰고 갔을 것이다. 다만 어떠한 한 가지 원인만으로 그의 발병을 매듭짓거나 정의할 수는 없다.

그는 처음 구토를 수반하는 발작이 규칙적으로 일어날 때는 고통스러워했다. 그러나 1880년이 넘어서면서, 발작의 횟수도 현저히 줄었고, 때로 병에서 일종의 쾌감을 느꼈다. 병에서 황홀한 쾌감을 느끼는 동안 그는 집필에 몰두하였으며, 그러한 충일한 창작기가 지나면 허탈의 불쾌기를 맞았다. 그렇게 반복되는 충전과 허탈의 기복 속에서 니체는 창작의 전성기를 맞았다.

차라투스트라 왕국

진실로, 사람이란 불결한 강의 흐름이다. 우리들은 결단을 내려 우선 바다가 되지 않으면 안 된다.

6개월간의 연인 루 폰 살로메

『즐거운 지식』 이후 니체는 창작의 황금시대를 맞았다. 『즐거운 지식』에서 이미 보여주었던 긍정적인 변모를 더욱 심화시켜 '모든 가치의 가치 전환'을 시도했다. 그리하여 그의 사상의 결정체라고 말할 수 있는 차라투스트라 왕국에 진입했다. 차라투스트라 왕국에 들어가기 전에 니체는 중대한 사건을 접하게 되는데, 그것은 바로 루 살로메와의 만남이다.

1882년 4월에 니체는 파울 레의 초대를 받아 로마에 갔다. 파울 레는 심리학자로서, 니체의 병이 표면적으로 드러나 나빠지던 초기, 즉 1876년부터 니체와 친교를 맺고 있었다. 이들의 우정은 파울 레의 책 『심리학적 관찰』을 니체가 칭찬한 데에서 발단되었다. 마침 니체는 그 당시 바그너, 로데, 리칠 교수 등과의 관계에 금이 가던 무렵이었으므로, 파울 레의 출현은 니체에게 자극과 동기를 만드는 일이었다.

파울 레는 니체에게 여자 제자를 소개했다. 바로 루 살로메이다. 루는 매우 지적이고 매력적인 러시아 여자였다. 그녀는 훗날 니체에게서 받은 인상을 다음처럼 훌륭한 글로 묘사했다.

"고독, 이것이 니체의 풍모가 사람을 사로잡는 최초의 인상이었다. 그의 풍모란 언뜻 보기에는 결코 특별한 것이 아니다. 중간 크기에 의복은 전체적으로 단정해 보였다. 조용한 표정, 순하게 뒤로 넘긴 갈색의 머리, 이것들은 눈에 띄지 않기에 빠뜨리기 쉽다. 가늘고 표정이 풍부한 입의 선은 앞으로 튀어나와 뒤덮고 있는 수염으로 거의 가려져 있다. 웃음소리는 나직했고 말소리는 잡음이 없어 조용하기만 했으며, 걸음걸이는 조심스러워 생각에 잠긴 듯했고, 어깨는 약간 앞으로 나온 듯했다. 군중 가운데서는 이런 사람을 상상하기가 어렵다. 이런 모습은 빗나가서 서 있는 자, 단지 홀로 서서 있는 자라는 인상을 지니고 있다.

견줄 수 없이 아름답고, 또한 고귀한 모습을 하고 있었던 것은 니체의 두 손이었다. 그의 손은 사람의 시선을 끌었으며, 니체 자신도 이 손은 자신의 정신을 드러낸 것이라고 믿고 있었다. 이와 비슷한 의미를 그는 자신의 귀에도 부여하고 있었다. 자기의 귀야말로 '전대미문의 것을 듣는 귀'라고 그는 말했다.

그의 눈도 또한 무엇인가를 넌지시 알려주는 것 같았다. 거의 눈에 띄지 않았으나, 그래도 근시자近視者에게서 늘 엿볼 수 있는 무엇인가를 살피고 깜빡이는 것 같은 주제넘은 일은 없었다. 오히려 그의 눈은 자기 자신의 비밀을, 내적인 보물을, 지금 보아서는 안 될 소중한 것을 지키고 있는 것 같아 보였다. 그가 일단 자기의 마음을 뒤흔들 만한 둘만의 대화에 열중하면, 그에게는 늘 있었던 일이지만, 그럴 때 그의 눈에는 사람을 감동시킬 만한 빛나는 무엇인가가 떠올랐다 사라졌다. 그러나 고독에 잠겨 있을 때는, 그의 눈에는 고독이 마치 섬뜩한 깊은 곳에서 들려오는 것처럼, 음울하게 거의 위협적으로 나타났다.

니체가 사용하던 타자기.

니체의 거동도 역시 똑같이 은둔자, 침묵자와 같은 인상을 주었다. 일상적인 생활에서 그는 매우 예의바르고 거의 여성적일 정도로 부드러웠으며, 호의적인 고요함을 지니고 있었다. 그는 교제할 때 고상한 형식 같은 것을 즐겼으며, 그것을 중요시하였다. 그러나 거기에는 언제나 일종의 변장의 즐거움이 있었다. 거의 한 번도 드러낸 적 없는 외적 삶을 은폐하는 외투와 가면으로서 말이다. 내가 처음 니체와 이야기를 나누었을 때, 그것은 어느 봄날 로마의 베드로 교회에서였다. 처음 얼마간은 그가 억지로 꾸민 형식을 취했기에 나는 놀라웠고 또한 실망했다. 그러나 이 실망은 오래 가지 않았다. 이 고독한 자는 가면을 서툴게 쓰고 있었다. 마치 사막과 산에서 온 사람이 세속적인 사람의 웃옷을 걸치고 있는 것처럼."

니체는 이들과의 새로운 우정에 마음이 끌렸다. 『즐거운 지식』의 탈고도 끝나 있었다. 머릿속에는 차라투스트라에 관한 생각들이 어느 정도 정리되어 있는 상태였다. 로마에서의 즐거운 나날은 빨리 지나갔다. 5월에는 니체와 루와 그녀의 어머니, 그리고 파울 레와 함께 루체른으로 여행했다. 또한 니체는 루와 단 둘이 트립센을 방문하기도 했다. 일찍이 바그너의 집에서 느꼈던 즐거움과 젊은 시절 이야기를 들려주기도 하고, 앞으로 쓸 책들의 철학사상에 관해서도 대화를 나누었다. 니체는 진정으로 자신의 삶을 재생해줄 수 있는 배우자를 만난 것 같았다. 니체는 루와의 결혼을 생각하고 그 계획을 세우기도 했으나, 내성적인 성격 때문에 루에게 그러한 사실을 털어놓을 수가 없었다. 니체는 파울 레에게 부탁하여 중간에서 다리를 놓아 구혼하였으나, 루는 거절했다.

루 살로메에게 니체와의 만남은 감명받을 정도의 깊은 정신적 체험, 즉 우정과 존경과 찬탄을 불러일으키는 사상적 체험 이상의 것은 아니었다. 그녀가 니체에게 경도되는 것과 니체의 사상에 대한 관심은 그녀가 니체를 인생의 반려로 하는 것과는 다른 차원의 것이었다.

여기서 더욱 불행한 일이 발생했다. 파울 레도 루를 사랑하고 있었다. 그 역시 구혼을 했으며, 니체와 마찬가지로 거절당했다는 사실이다. 스승과 여제자 사이의 연애가, 더구나 짝사랑의 경우에는, 한 번 구혼을 거절당한 뒤 다시금 우정의 관계로 되돌린다는 것이 얼마나 어색한 일이었을까. 루는 세 사람의 순수한 정신적 결합으로만 이루어진 삼위일체적 생활을 하자고 제의했다. 그러나 니체와 파울 레의 감정은 그것을 받아들일 수가 없었다.

"루 살로메는 그 말의 진실된 의미에서 정숙했다. 그녀는 우리의 정열에

묶여 있었으며 그 열정이 상호의 쾌락이라는 한계를 넘어서 튀어나가는 걸 용인하지 않았기에 우리는 결코 서로에게 싫증나지 않았으니, 그녀는 언제나 육욕의 욕망들은 철저하게 배제하고 있었으며 대신에 그녀를 흡사 신神인양 무한한 기쁨의 원천으로 만들어주는 여성적 신비의 저수지를 지니고 있었기 때문이다.

오오, 루여, 내 잃어버린 천국이여! 에덴으로 돌아갈 길은 다시 없구나. 한때는 그윽한 행복을 맛보기도 하였지만 이제는 다시 없다. 밤중에 우리를 따라다니는 거인의 그림자와도 같이 우리들 연인의 입맞춤은 홀연히 어둠 속으로 녹아내린다. 저들의 금빛 광휘를 암시함 없이, 캄캄한 절망의 험악한 언저리를 부드럽게 비치는 달빛도 없이."

그 후, 루 살로메는 인도네시아 태생의 동양학 연구가이며 언어학자인 프리드리히 칼 안드레아스와 결혼했다. 루의 결혼 직후 파울 레는 오버엥가딘에서 추락사한 시체로 발견되었는데, 사람들은 자살이라고 추정했다.

구혼 사건 이후 어색해진 관계는 좀처럼 나아지지 못했다. 그해 7월 니체의 친구들과 누이동생 엘리자베드와 루가 '파르시팔'의 초연初演에 참석하기 위해 바이로이트에 모였을 때에도 사태는 마찬가지였다. 니체는 물론 바이로이트에 가지 않았으며, 다른 사람에게서 '파르시팔'에 관해 듣는 것조차 꺼렸다. 그는 타우텐부르크에 머물면서, 루와 엘리자베드에게 바이로이트의 축제극이 끝나면 함께 자기를 방문해줄 것을 부탁해 놓았다. 그리하여 루와 엘리자베드는 나란히 타우텐부르크에 왔다. 니체는 루와 이전의 철학적 대화를 계속하면서, 여제자이자 우정의 관계에 있는 그녀에게 인정받고 이해되는 것을 즐거워했다.

니체와 루의 우정에 대한 엘리자베드의 질투는 이미 오래 전부터 타오르고 있었다. 8월 말에 루가 타우텐부르크를 떠나자 니체와 엘리자베드 사이에는 심한 말다툼이 있었다. 엘리자베드는 루에 대한 험담과 불쾌한 소문들을 뿌리고 다녔다. 이 험담들에 대해서는 니체도 루도 어쩔 도리가 없었다. 훗날 니체는 자신과 루를 이간질 한 사람은 바로 엘리자베드라고 간접적으로 말했다.

"학대밖에는 아무것도 받은 게 없는 이 세상에 나는 질렸다. 내가 사랑의 값비싼 선물을 위안으로 받았던 것과 마찬가지로 그것은 반달인(독일의 동북부에 살았던 게르만 민족의 일파. 그들은 기독교 신자를 학대하고, 문화와 문명을 파괴하였다)의 손을 가진, 질투에 불타는 내 누이에 의해 탈취 당했다. 도시의 자줏빛 탑 위에서 보초를 서고 있는 야경꾼이 되어서까지 그녀는 우리의 근친상간적 정열을 지키려했던 것이다."

9월 말 라이프치히에서 니체와 파울 레와 루 셋이서 만났을 때, 니체가 루 앞에서 파울 레를 헐뜯는 말을 했기 때문에, 이들의 사이가 더 어색하게 되어 버렸다. 게다가 독점욕이 강한 엘리자베드가 부단한 끼어들기 때문에 가을에는 이미, 니체와 루 사이의 우정도, 니체와 파울 레의 우정도 끝나고 말았다. 그들 사이에 품위를 잃은 서신이 한때 오가기도 했다. 그러나 니체는 그러한 서신을 읽거나 쓰는 일의 거짓됨을 깨닫고 루와 파울 레에게 사과하는 뜻을 밝힘으로써 이 일화는 끝났다.

니체를 전례 없이 사랑에 들뜨게 만들고 행복감을 느끼게 했던 루와의 관계는 6개월 만에 파국을 맞는다. 이들과의 관계를 끝냄과 동시에 니체는 누이와 어머니에 대해서도 노골적으로 불만과 미움을 표현하며, 자기의 거푸집 속으로 은신해 버렸다. 바야흐로 그는 일찍이 없었을 정도로 고독하고 불행하게 되었다.

만인을 위한 책, 그러나 아무도 위하지 않은 책

니체는 그해 11월에 제네바로 도피했다가, 다시 라팔로에 가서 겨울을 보냈다. 다시 건강이 나빠지자 페터 가스트에게 "내 생애 중 최악의 겨울"이라고 적어 보낼 정도였다. 그는 불면과 우울로 고통을 받았다. 그러나 1883년 1월과 2월에 갑작스런 발작으로 인한 병적 상쾌함을 맛보았다. 이미 실스 마리아에서 경험하여 알고 있는 것이었는데, 니체는 이때 불과 열흘 만에 『차라투스트라는 이렇게 말했다』 제 1부를 완성하였다. 나머지 제 2, 3부도 역시 이처럼 감정이 고양된 상태에서 짧은 기간에 집필되었다.

—만인을 위한 책, 그러나 아무도 위하지 않는 책.

이러한 부제를 달고 있는 『차라투스트라는 이렇게 말했다』에 대해 니체는 자서전 『이 사람을 보라』에서 다음과 같이 말했다.

"이 책의 근본 개념인 영원회귀 사상은, 즉 지금까지 아무도 도달하지 못한 최고의 긍정 형식은 1881년 8월에 구상한 것이다. 이 사상은 사람과 시대를 떠나 6,000피트 저편이라는 첨서添書로 종이 한 장에 간단하게 기록되었다. 그 날 나는 실바플라나 호숫가의 숲 속을 걷고 있었다. 주를라이에서 멀지 않은, 피라미드같이 솟아 있는 거대한 바위 곁에서 나는 발을 멈추었다.

루 살로메.

이 사상이 나에게 떠오른 것은 바로 그 때였다. 이로부터 두서너 달 전, 전조前兆로서 나의 취미가 갑자기 가장 깊은 곳에서 결정적으로 변화된 것을 느꼈다. 그것은 특히 음악에서 두드러졌다. 아마도 차라투스트라 전체를 음악 속에 넣어 생각해도 무방하리라. 확실히 청각의 기술記述에서 하나의 재생이 그것을 낳게 하는 예비 조건이었다. 1881년의 봄을 지낸 비첸차 가까이 조그만 온천장 레코 아로에서 나의 스승이며 벗인 페터 가스트와 더불어 나는 음악이라는 불사조가, 그때까지 보여준 적이 없는 가볍게 빛나는 날개로 우리의 곁을 날아가는 것을 보았다. 그러므로 이날부터 1883년 2월 매우 곤란한 상태에서 이루어진, 이 책의 돌연한 제작까지 헤아려 본다면 서문에 인용한 두서너 마디의 맨 마지막 장은 바로 바그너가 베니스에서 죽은 신성한 시간에 이루어진 것이다. 이 책의 회임기는 18개월이 되는 셈이다. 바로 이 18개월이라는 수는 적어도 불교도 사이에서는 내가 결국 한 마리의 코끼리라는 것을 암시할 것이다."

니체의 철학을 떠받치고 있는 한 개의 축인 차라투스트라는 니체의 사상을 압축해 이것을 초인을 통해 이데아와 영원회귀 사상으로 구조화해낸다. 이전의 두서너 개의 책에서 이미 차라투스트라 사상을 암시한 바 있다.

"좀더 말해 본다면 『서광』과 『즐거운 지식』을 통독하면 내가 지금 여기서 문제 삼고 있는 차라투스트라의 머리말, 자료 및 주석에 소용되지 않는 부분이 한 줄도 없다는 것을 발견할 것이다. 내가 원문이 되기 이전에 그것의 주석을 만들어놓았다고 하는 것은 사실이다."

차라투스트라의 서술 형식과 수사학적 완성도는 매우 우수하다. 니체 자신의 다른 책에서도 찾아볼 수 없을 정도로. 이 작품은 철학적 의도 아래 구상되었지만 시로 쓰인 것이다. 그 자신조차도 음악 속에 차라투스트라를 넣어도 무방하다고 말하고 있다. 시가 추구하는 최고의 높이야말로 음악인 것이다. 그의 문장들은 또한 비유와 상징으로 가득 차 있다. 하나의 새로운 생명 감정에의 경주, 위대한 긍정을 말하는 차라투스트라에의 경주는 동시에 미적 형성의지形成意志의 현저한 고양을 의미했다.

제 1부는 초인에 대해 말하고 있다. 인간이란 동물과 초인 사이의 과도기적 형태로서, 초월하지 않으면 안 될 그 무엇이다.

"초인이란 대지大地의 뜻이다. 그대들의 의지는 이렇게 말해야 한다. 초인이란 대지의 뜻이어야 한다고. 형제들이여, 나는 그대들에게 간절히 바란다, '대지에 충실하라'고. 그대들은 천상의 희망을 말하는 사람을 믿어서는 안 된다. 그들이야말로, 자신이 알든 모르든 간에 독을 뒤섞는 자들이다.

그들이야말로 생명의 경멸자, 사멸해 가는 자, 스스로 독을 받고 있는 자들이다. 대지는 이런 자들에게 권태를 느꼈다. 그들은 마땅히 멸망해버리는 것이 좋으리라.

전에는 신神을 모독하는 것이 최대의 모독이었다. 그러나 신은 죽었다. 그리고 신과 함께 그들의 모독자도 죽었다. 이제는 대지를 모독하는 것이 가장 무서운 것이다. 또한 탐구할 수 없는 오장육부를 대지의 뜻 이상으로 받드는 것 역시 가장 무서운 것이다.

일찍이 영혼은 육체를 경멸의 눈을 보았다. 그리고 당시에는 이런 경멸이 최고의 사상이었다. 영혼은 육체가 마르고 쇠약해서 굶주린 상태에 있기를 바랐다. 이렇게 해서 영혼은 육체와 대지의 지배에서 벗어날 수 있다고 믿었던 것이다.

오오, 그때는 영혼 그 자체도 심하게 메마르고 쇠약해서 기아의 상태에 빠져 있었다. 그리하여 잔인성이 그 영혼의 기쁨이 되고 있었다.

그러나 나의 형제들이여, 그대들도 나에게 말하지 않으면 안 된다. 그대들의 육체는 그대들의 영혼에 대해서 어떻게 말하고 있는가. 그대들의 영혼 역시 빈곤과 불결, 그리고 비참한 안일뿐이 아닐까?

진실로 인간이란 불결한 강의 흐름이다. 우리들은 결단을 내려서 우선 바다가 되지 않으면 안 된다. 더러워지지 않고, 불결한 강의 흐름을 삼켜버릴 수 있게 되기 위해서는.

들어라, 나는 그대들에게 초인이 무엇인지를 가르쳐주고 있다. 초인이란 그런 바다인 것이다. 그 속으로 그대들의 커다란 경멸이 흘러들어갈 수가 있다."

니체는 이 책에서 내세來世 없는 이 세상을 약속하고 있다. 신이 죽었기에 사람은 다만 자기 자신의 일에만 충실해야 한다는 것이다. 기독교의 가르침과는 반대로, 육체적인 것의 즐거움, 아니 육체적인 생존 전체에 의미가 부여된다. 부정되는 것은 다만 사람이라는 종족의 현재의 모습인 것이다. 디오니소스적 인간의 모습은 아직 실현되어 있지 않다고 하는 것이 차라투스트라의 비판론의 근거였다. 즉 미래의 약속을 위한 현재 비판의 기초가 되어 있다.

니체는 이 책을 써냄으로써 자기에게 스스로를 확신시키려 했다. 그는 예술가의 문제를 낭만적인 것에서 시작해서 거의 20세기 중엽에 이르기까지의 미학美學이 규정한 의미로서의 개인주의적, 주관적 실존의 문제를 자신의 삶을 통해 풀어내려고 했다. 니체는 일찍이 독일어로 쓰인 것 중에서 가장 위대한 것에 속할 만한 책을 완성했다.

니체는 자신의 핏줄에 흐르는 선민의식選民意識을 초인 사상에 투사했다. 소수의 엘리트, 엘리트적인 인간은 강력하고 생명적일 뿐만 아니라, 관용하기도 해야 하는 것이다.

『차라투스트라는 이렇게 말했다』 제 3부는 동일한 것의 영원회귀라고 하는 그의 도저한 신학, 그리고 사상의 핵심을 굳건하게 하며 넓게 펼쳐낸다.

"나는 계속 말했다, '이 순간을 보라'고. 이 순간이라는 대문으로부터 하나의 긴 영원의 길이 뒤로 통해 있다. 우리들의 위에는 하나의 영원이 있는 것이다.

대저 걸을 수 있는 일체의 사물은 반드시 한 차례 이 길을 걷지 않았던가? 일체의 사물 중 대저 일어날 수 있는 것은 꼭 한 차례 이미 일어나고 행해져서 이미 이 길을 지나쳐버리지 않았던가?

그리고 모든 것이 이미 현존한 적이 있었다면 난쟁이여, 그대는 이 순간을 어떻게 생각하는가? 이 대문도 이미 현존한 적이 반드시 있었던 게 아니겠는가. 일체의 사물은 진실로 굳게 결합되어 있기 때문에 이 순간은 오고야 마는 모든 것을 뒤에 이끌고 오는 것이 아니겠는가.

왜냐하면 일체의 사물 중 걸을 수 있는 모든 것을 저쪽으로 뻗어가는 긴 길까지도 다시 한 번 더 걷지 않을 수 없기 때문에.

그리고 달빛을 받으며 어슬렁어슬렁 기고 있는 이 거미, 또 이 달빛 그 자체와 대문에 서로서로 속삭이고 있는 영원한 사물에 관해서 속삭이고 있는 나와 그대, 우리들은 모두 이미 현존한 적이 있었던 게 아닌가?"

1887년의 니체.

이 영원회귀설과 초인은 서로 모순되는 것처럼 보인다. 그렇다면 이 두 근본사상은 합일이 불가능할 것인가. 회귀의 원리와, 초인이 되라는 요구. 이 두 테제가 충돌하고 다시 합일에 이른다고 하는 변증법에 니체는 도움받고 있다. 회귀 속에는 삶의 고양과 완성의 가능성이 내포되어 있다. 회귀에 의해서 세계는 어느 정도 자기를 풍부하게 한다. 이것에 조응하여 과거는 미래를 위해서 지양된다. 그래서 차라투스트라의 비극적 자기희생의 각오가 승리를 차지한다.

"몰락하는 자들을 나의 사랑 전체로서 사랑한다. 그들은 초월해서 가기 때문이다. 그리하여 그들은 그 때문에 스스로를 인정할 수가 있다. 왜냐 하면 나는 그대를 사랑하기 때문이다. 오오, 영원이여!"

『차라투스트라는 이렇게 말했다』 제 3부의 완성과 함께 니체는 친구인 로데에게 다음과 같은 서신을 보냈다.

"나는 이 차라투스트라로서 독일어를 그 완성에 이르게 했다고 자부하고 있다. 그것은 루터와 괴테에 이어 그보다 한걸음이나 더 나간 셈이다. 생각해 보라, 벗이여. 힘과 리듬과 화음의 세 박자의 조화가 일찍이 독일어에 있었던가 없었던가를."

아무래도 좀 지나치다고 생각되는 이 자기 과시와 자만심은 어쩌면 만년의 도래를 예고하는 번개와도 같은 것이다. 차라투스트라와 함께 니체에게는 자기 신격화自己神格化 현상이 시작되었다. 이는 이 세상에서 좌절한 삶이 절망을 극복하기 위한 한 방법일 수도 있다.

고독, 그리고 사상과 저술의 황금기

1883년 여름에 어머니와 누이는 니체에게 다시 대학에 돌아가기를 종용했다. 니체도 또한 라이프치히 대학에 기회가 있는가를 알아보기도 했다. 그러나 라이프치히의 답변은 냉혹했다. 니체는 페터 가스트에게 다음과 같은 편지를 보냈다.

"라이프치히 대학의 총장 하인체는 나에게 말했다. 나의 교수임용 신청은 잘 되지 않을 것이라고. 그리고 독일의 어느 대학에서나 마찬가지일 것이라고. 내 교수임용을 정부에 건의하는 것을 대학에서는 감히 하지 못하는 것이다. 기독교에 대한 내 입장과 신에 관한 내 사고방식 때문에. 좋다! 이런 일들이 다시금 나에게 용기를 주었다."

니체는 라이프치히 대학이 자신을 거부하는 것에 대해 몹시 실망했다.

그는 자신의 고독에 대한 새로운 확인의 결과를 받아들여야 할 뿐이었다. 여기에 또 하나의 언짢은 일이 겹쳤으니 그것은 누이 엘리자베드의 약혼이었다.

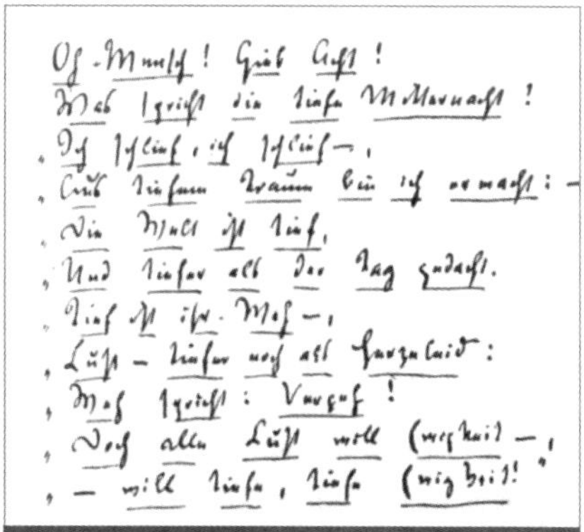

엘리자베드의 약혼자 푀르스터는 베를린 고등학교 교사이며 열렬한 바그너 숭배자였고, 또한 반유태주의자였다. 그는 성격이 별로 좋지 못했으며, 정신적 반유태주의의 선동적 운동을 하기 위해 고등학교 교사직을 사임하였다. 엘리자베드는 반유태주의적인 편지로 니체를 괴롭혔으며, 또한 루 살로메에 대한 엘리자베드의 이간질에 푀르스터가 개입되어 있다는 사실도 새롭게 밝혀져 니체는 심한 고통을 당했다.

『차라투스트라는 이렇게 말했다』의 마지막 원고 부분.

엘리자베드의 약혼은 분명 니체에 대한 반발이었다. 그녀는 결코 루 살로메와 니체의 관계를 용납하지 않았다. 엘리자베드는 일부러 니체가 싫어한다는 것을 알면서도, 바그너 숭배자이자 반유태주의자와 약혼했던 것이다.

니체는 결코 반유태주의자가 아니었다. 알다시피 니체의 두 친구인 레와 루 살로메는 유태인이었다. 유태인에 대한 그의 입장은 비판적이었으나 독자적인 것이었다. 니체의 책에는 유태인에 대한 커다란 존경의 표현이 많다.

엘리자베드와 푀르스터는 1885년 9월에 결혼했다. 니체의 분노는 이를 데 없었다. 이 일에 대한 니체의 서신은 훗날 누이에 의해 다소간 개작되어졌

엘리자베드 푀르스터 니체.

다. 엘리자베드는 오빠의 노여움이 대단한 것이 아니었다고 세상 사람들에게 퍼뜨리고 다녔으나, 세상 사람들도 그렇게 쉽게는 기만당하지 않았다.

1886년 1월 엘리자베드 부부는 파라과이로 이주했다. 푀르스터가 독일 식민지 개척자로 사명감을 갖고 이주할 것을 결정하였기 때문이다. 니체는 누이가 남미까지 따라갈 만큼 푀르스터를 사랑하지는 않았을 것이라 믿고 싶어 했다.

"엘리자베드가 마침내 남미로 향하는 남편의 미친 모험에 함께 따라갈 결심을 한 것은 남편의 의심에 대한 공포였을까? 푀르스터를 자살하도록 만든 것은 그가 진실을 발견했기 때문일까."

비록 근친상간이라는 울타리로 니체의 숨통을 조이고 있었으나 엘리자베드의 결혼과 파라과이 이주는 분명 충격이었다. 푀르스터는 파라과이에서 열심히 개척자 생활을 하였으나, 원주민들의 반발에 부딪쳐 결국 자살하고 말았다. 그런데 푀르스터의 자살의 원인으로 추정되는 또 다른 사건으로, 그가 아내의 근친상간을 알았기 때문이라는 추측도 있다. 엘리자베드가 남편의 사망 후, 1893년 다시 독일로 돌아왔을 때 니체는 이미 정신병 발병 한참 후였다.

엘리자베드가 남미로 떠난 후 니체는 더할 수 없이 고독하고 우울한 상태로 빠져 들어갔다. 1885년부터 정신병이 발병하는 1888년 말까지 니체는 그를 헌신적으로 보살펴주었던 누이도 없이, 그의 생애 중 가장 고독한 나날을 보냈다. 여름에는 실스 마리아에서, 겨울에는 이탈리아 혹은 니스에서 보냈다. 그리고 정신병이 발병하던 1888년에는 투린에서 보냈다. 벗들과도 이렇다 할 이유 없이 멀어져 갔으며, 건강도 더욱 나빠졌다.

1887년 9월, 도이센이 아내와 함께 실스로 니체를 방문했을 때, 니체는 오랫동안 만나지 못했던 옛 친구의 우정과 경의에 실로 가슴 벅차 했다. 도이센은 이곳에서 니체의 초상을 스케치하기도 했고, 훗날 그의 회상기 속에 실스에서의 니체의 생활과 인상을 자세하게 묘사했다.

도이센의 회상 속에서 우리는 니체의 상태가 어떠했는가를 알 수 있다. 그의 고독과 불안과 건강의 악화 등. 니체는 이제 옛날의 당당함을 잃어버렸지만, 그러나 그건 외형적인 생활뿐이었고, 사상과 책쓰기에서는 질적, 양적으로 황금기를 맞았다. 이 기간에 쓰인 작품으로는 『선악의 피안』 『도덕의 계보』 『바그너의 경우』 『이 사람을 보라』 『우상의 황혼』 『반그리스도인』 『니체 대 바그너』 등이 있다. 또한 그 동안의 시들을 모아 출판한 『디오니소스의 찬가』 도 있다. 이 시기에 집필된 원고들을 모아 1906년에 엘리자베드가 『권력에의 의지』 를 발간했는데 이 책에 "1888년 겨울 끝에 우리 오빠는 그의 저서 『권력에의 의지』 의 초안을 완성시켰다"라고 적고 있다.

『권력에의 의지』 는 1,067개의 잠언이 유고로도 되어 있었으며, 엘리자베드의 영향 아래 있었던 편집자들의 의도에 따라 편집되었다. 니체 자신이 이 저서에 『권력에의 의지』 라는 제목을 붙였는지도 매우 의심스럽다. 이에 대해 칼 슈레타라는 니체 연구가는 엘리자베드의 수많은 위조를 입증했다. 구태의연한 편집과 그것에 수반되는 니체 전설 제조에 가담하였거나, 혹은 적어도 그것을 묵인해 온 독일의 저명한 교수들에 대한 공격은 정말 당연한 일이다.

니체의 정신적 붕괴가, 그의 저작을 침해하기 시작한 시기를 정확히 결정하는 것은 거의 불가능하다. 그러나 에리히 포다흐의 『정신 붕괴기의 니체의 저작』 이라는 연구에 의하면, 1888년 9월21일부터 1889년 1월 초순에 걸친 니체의 두 번째 투린 체재 기간 중에 이루어진 네 개의 저작, 즉 『니체 대 바그너』 『반그리스도인』 『이 사람을 보라』 『디오니소스의 찬가』 등은 이미 정신 붕괴의 징후를 강력히 나타내고 있는 것이 분명하다는 것이다.

하나의 유성으로 떨어진다 해도

내 사망 50년 후에 나는 하나의 신화神話가 되리라.

1888년 4월5일 니체는 투린으로 돌아왔다. 그는 이 지방을 몹시 마음에 들어 했는데, 어머니에게 이 마을에 관해서, 자기로서는 진정으로 '발굴한 것'이라고 써 보낼 정도였다. 곧바로 이 마을에서의 체재가 시작되었다. 그때 그에게 매우 즐거운 소식이 전해졌으니, 게오르크 브란데스가 코펜하겐 대학에서 독일의 철학자 프리드리히 니체에 관한 강의를 할 것이라는 소식이었다. 이와 같은 소식은 니체에게 자신의 장래의 명성에 대한 어떤 예고처럼 들렸다.

여름 동안을 실스 마리아에서 보낸 다음, 9월21일에 니체는 다시 투린으로 갔다. 이 때부터 그의 생활은 차츰 이상해졌다. 그 해 크리스마스와 다음 해 처음 1주일간에 걸친 나날들에 대한 그의 행적은 분명히 밝혀져 있지 않다. 하지만 아마도 그의 발병이 이 기간 중에 표면화된 것은 사실이다.

니체는 오버베크에게 자기가 세계의 운명을 수중에 넣으려는 의도를 가지고 있다는 편지를 보냈다.

"나 자신 바로 지금, 반독일동맹 같은 것의 결성을 위해 유럽의 각 왕실에 건의서를 쓰고 있는 중이다. 나는 영토를 철의 속옷으로 싸서, 지게 마련인 절망적인 전쟁에 도발할 작정이다. 내가 젊은 카이저 및 그 부속품 전부를 수중에 넣기에는 손이 모자란다."

이것이 12월28일의 편지였고, 그 해 말에는 페터 가스트에게 다음과 같은 편지를 보냈다.

"아아, 벗이여! 어떠한 순간인가! 그대의 엽서가 도달했을 때, 내가 무엇을 하고 있었다고 생각하는가. 그것은 저 유명한 루비콘이었다.

나는 수신인의 주소를 나는 모른다. 우선 수신인의 주소를 퀴리날레 궁정으로 하면 좋다고 보자."

당시 니체가 보낸 편지에는 하나같이, '디오니소스', 또는 '십자가에 못 박힌 자'라는 서명이 있었다. 이것을 이상하게 여긴 오버베크는 니체의 편지를 가지고 정신과 의사인 비레 박사를 찾아갔다. 비레는 양심적이고 훌륭한 인물로서, 평소 니체도 이 사람에게 호감을 갖고 있었다. 비레는 오버베크에게 곧 투린으로 가보라고 했다.

오버베크가 투린에 도착했을 때는 이미 니체가 발병한 오랜 후였다. 집주인들의 말로는 처음에 다만 대단히 물을 많이 마시는 것을 이상스럽게 여겼을 뿐이라고 했다. 그러던 어느 날 밖으로 나가다가 집 근처에서 쓰러졌다. 이틀 동안 몸도 움직이지 않고 말도 하지 않고 줄곧 소파에 누워 있었다. 이 혼수상태에서 깨어나자 비로소 정신적 홍분과 혼란의 징후가 나타났다고 말했다.

1월3일 투린의 카를로 알베르트 광장에서 발생한 일화는 니체의 정신적 붕괴가 어느 정도였는가를 말해준다. 니체가 하숙집에서 나오자 바로, 한 마리의 말이 끄는 마차가 지나갔다. 마부가 그 말을 심하게 매질하자 니체는 눈물을 흘리고 통곡을 하면서 말에게 달려가 그 말의 목을 안고 그만 쓰러졌다.

어머니와 함께한 니체.

며칠 후 오버베크가 와서 니체를 바젤로 데리고 갔다. 그곳에서 정신병원에 입원했는데, 그의 병명은 진행성 마비進行性 痲痺였다. 니체를 진찰한 비레 박사는 다음과 같은 기록을 남기고 있다.

"동공이 불균형하고, 왼쪽보다 오른쪽 눈이 크다. 반응이 극히 둔중하다. 수렴성收斂性 사팔뜨기. 극도의 근시. 혓바늘이 많다. 편시偏視 없음. 근육 경련 없음. 안면신경 지배는 이상이 적음. 무릎의 반사反射 높아짐. 병에 대한 자각이 없고, 이상할 만큼 유쾌하고 의기양양. 1주일 동안 컨디션이 나쁘고, 때때로 심한 두통을 느꼈다고 스스로 진술. 게다가 여러 차례의 발작이 있었고, 그 사이 이상하리만큼 유쾌하고, 의기양양한 것이 있었던 듯. 길에서 누구에게나 포옹하고 키스하며 벽을 기어오르는 것을 즐기곤 했다."

1월 중순 니체의 어머니가 바젤로 와서 니체를 데리고 예나로 갔다. 거기서 니체는 빈스방거 교수의 병원에 입원했다. 그 후 그의 어머니는 예나에 집을 구했고, 3월에 니체는 집으로 돌아가 어머니의 간호를 받았다.

니체의 50회 생일에 도이센은 니체를 방문했다. 그때의 니체를 도이센은 이렇게 적고 있다.

"어머니가 그를 방으로 데리고 왔다. 나는 그에게 축하의 말을 전하고, 오늘로서 50세가 된다고 하며, 꽃다발을 선사했다. 그는 전혀 아무것도 모르고 있는 듯했다. 다만 꽃다발만이 그의 관심을 끈 것 같았다. 그러나 잠시 후 그것도 아랑곳하지 않고 방을 나가버렸다."

니체의 정신적 혼미 상태는 10년 이상 계속되었다. 1897년 부활절에 그의 어머니가 사망하자, 니체의 간호는 파라과이에서 남편을 잃고 귀국한 누이 엘리자베드의 손으로 넘겨졌다. 엘리자베드는 그들의 거처를 바이마르로 옮겼다.

1900년 8월25일에 니체는 사망했다. 그는 뢰켄의 아버지 곁에 묻혔다. 그가 정신병으로 인해 세상을 잘 알지 못했던 동안 그의 명성은 서서히 세상에 알려지기 시작했으며, 그가 죽은 지 수년이 지나자 유럽 허무주의의 최대의 진단자로 니체의 명성은 세계적으로 높아졌다. 그의 비극적인 종말에 대해 콜린 윌슨은 다음과 같이 말했다.

"니체의 생애에서 진정한 비극적 요소는 필경 '낭비'라 할 수밖에 없을 것이다. 환경만 달랐던들 그는 정신적으로 다시 일어설 만한 힘을 가질 수 있었을 것이다. 그러나 그 대신 그는 끝내 미쳐서 죽어버렸다. 마치 사소한 고장으로 폭발하여 포병 전원을 죽게 한 대포와도 같이. 자기심리에의 날카로운 통찰을 가졌으면서도 니체는 왜 미쳐버렸을까. 무엇인가 잘못이 있었다. 새로운 종교는 끝내 나타나지 않았다."

니체 연보

1844년 10월15일. 작센 주州의 뢰켄에서 목사의 장남으로 태어남.

1846년 7월10일. 누이동생 엘리자베드 태어남.

1848년 2월. 동생 요제프 태어남.

1849년 7월30일. 아버지 별세.

1850년 2월. 동생 요제프 죽음. 4월 나움부르크에 사는 할머니 집으로 가족들 이사. 초등학교에 입학하여 빌헬름 빈데르, 구스타프 크르그와 친구가 됨

1858년. 나움부르크 근교 슐 포르타의 인문 중·고등학교에 입학. 파울 오이센과 평생을 통한 교제가 시작됨.

1860년. 빈데르 및 크르그와 함께 나움부르크에서 문학과 음악 그룹 '게르마니아' 결성.

1861년. 크르그에 의해 리하르트 바그너의 '트리스탄' 피아노 발췌곡을 알게 됨. 부활절에 도이센과 함께 견신례를 받음. 게르마니아 집회에서 「바이런 연구」 발표.

1862년. 게르마니아 집회에서 논문 「운명과 역사」 발표.

1863년. 독서 리스트 톱에 에머슨을 들다. 「에르마나리히론論」 을 씀.

1864년 9월7일. 슐 포르타 학교를 졸업. 시 「미지의 신에게」 발표. 10월 본 대

학에 입학하여 신학과 고전문헌학을 전공. 리칠 교수에게 배움.

1865년. 리칠 교수를 따라 라이프치히 대학으로 옮김. 고전문헌학을 전공. 전학 당시 우연히 헌 책방에서 쇼펜하우어의 『의지와 표상으로서의 세계』를 발견하여 탐독함.

1866년. 리칠 교수의 권고로 65년 결성된 '문헌학회'에서 그리스 시인 데오그니스에 관한 연구 발표를 하고 리칠 교수의 칭찬을 받아 문헌학자가 될 것을 결심. 랑게의 『유물론사』를 읽음. 에르빈 로데와 교제가 시작됨.

1867년. 가을에 1년간의 지원병으로서 나움부르크의 기마 야전포병대에 입대. 낙마落馬 사고로 병역 만료 전 병가를 받음.

1868년. 제대하여 라이프치히 대학에 복학. '트리스탄'과 '뉘른베르크의 명가수' 서곡을 듣고 바그너의 음악에 완전히 경도됨. 리칠 부인의 소개로 라이프치히의 헤르만 브로크하우스 집에서 바그너를 만난 이후 더욱 바그너에 열중함.

1869년. 고전문헌학 조교수로서 바젤 대학에 초빙되어 3월 무시험으로 학위 받음. 4월 프러시아 국적을 벗고 스위스 국적 얻음. 루체른 근교 트리푸센으로 바그너의 집을 처음 방문. '호메로스와 고전문학'이란 제목으로 바젤 대학 취임 강연. 야콥 부르크하르트와 교우 관계 시작.

1870년. '그리스의 악극'이란 제목으로 공개 강연. '소크라테스와 비극'이란 제목으로 공개 강연. 4월 교수로 승진. 여름에 「디오니소스적 세계관」을 집필. 독불전쟁 위생병으로 지원 종군. 중병으로 10월 말 바젤로 돌아옴.

1871년. 건강상의 이유로 휴가를 얻어 누이동생과 함께 루가노에 체재함. 『비극의 탄생』 집필.

1872년. 연초에 『음악의 정신에서 나온 비극의 탄생』 출판. 2월에서 3월까지 바젤에서 '우리나라 교육시설의 장래에 관해서' 공개 강연. 최후로 트리푸센에 있는 바그너를 방문. 바이로이트 축제극장 기공식에서 바그너와 다시 만남. 문헌학자 비라모이츠 멘렌돌프에 의한 『비극의 탄생』 에 대한 공격문이 나오고, 친구인 로데가 다시 이것을 반박.

1873년. 제1의 『반시대적 고찰』 (신앙 고백자이며 저술가인 다비트 슈트라우스), 제2의 『반시대적 고찰』 (삶에 대한 역사의 이해)이 1874년에 거쳐 출판. 단편 「그리스인의 비극시대의 철학」 집필.

1874년. 제2의 『반시대적 고찰』 (삶에 대한 역사의 이해), 제3의 『반시대적 고찰』 (교육자로서의 쇼펜하우어) 출판.

1875년 10월. 음악가 페터 가스트(하인리히 리젤리츠)와 최초의 만남.

1876년. 최초의 바이로이트 축제극에 참가함. 제4의 『반시대적 고찰』 (바이로이트에서의 리하르트 바그너) 출판. 『인간적인 너무나 인간적인』 의 초고 씀. 심리학자인 파울 레와 친교. 병이 악화되어 바젤 대학으로부터 병가를 받아 겨울을 레와 말비다 폰 마이젠부크와 함께 소렌토에서 보냄.

1876~78년. 『인간적인 너무나 인간적인』 제 1부 완성.

1878년. 바그너와의 우정이 단절됨. 바그너가 니체에게 마지막으로 '파르시팔'

을 보내고, 니체는 바그너에게 마지막 서신을 『인간적인 너무나 인간적인』의 증정본과 함께 보냄.

1879년. 중병으로 바젤 대학 교수직 사임. 『인간적인 너무나 인간적인』 제 2부 집필.

1880년. 『방랑자와 그 그림자』(후에 『인간적인 너무나 인간적인』 제 2부가 됨) 완성.

1881년. 『서광—도덕의 편견에 대한 사상』 완성. 최초로 비제의 '카르멘'을 듣고 감동. 이로써 그는 바그너를 버리고 비제를 택함.

1881~82년. 모든 가치의 전환 시도.

1882년. 마이젠부크와 레의 초청으로 로마로 가서 거기서 루 살로메를 알게 되고 루에게 구혼했다가 거절 당함. 『즐거운 지식』 출판. 『권력에의 의지』 집필 시작.

1883년. 라팔로에서 『차라투스트라는 이렇게 말했다』 제 1부를 완성. 바그너 영면하다. 『차라투스트라는 이렇게 말했다』 제 2부 완성.

1884년. 니스에서 『차라투스트라는 이렇게 말했다』 제 3부를 완성.

1886년. 『선악의 피안—장래의 철학에의 서곡』 완성. 『비극의 탄생』의 부제를 '그리스 정신과 페시미즘'으로 바꾸어 출판.

1887년. 에르빈 로데에게 마지막 절교 편지를 쓰다. 20일 동안에 『도덕의 계보학』 완성.

1888년 4월. 처음으로 투린에 체재하여 '독일 철학자 프리드리히 니체에 대해' 강연. 『바그너의 경우—음악가의 한 문제』 완성 출판. 『우상의 황혼』

완성. 『반 그리스도—기독교에 대한 저주』 탈고. 『이 사람을 보라』 탈고, 『니체 대 바그너, 한 심리학자의 공문서』 완성. 시 「디오니소스 송」 완성. 연말부터 정신착란 증세 나타남.

1889년. 1월 초순 투린에서 정신 붕괴. 『우상의 황혼』 출판.

1892년. 가스트에 의해 전집 기획. 유고 정리 발표가 행해짐.

1893년. 누이가 사업에 실패하고 파라과이에서 돌아옴.

1894년. 최초의 「니체 문고」를 나움부르크의 어머니 집에 차림.

1895년. 『반 그리스도』 및 『니체 대 바그너』 공간. (케겔 편찬의 '저작집'에서) 마비 증세가 자주 나타남.

1897년 4월20일. 어머니 별세. 바이마르의 누이 집으로 옮김. 최초의 출판자는 나우지만, 뒤에는 알프레드 크레네르에게 인계되어 19권으로 완결됨.

1899년. 누이에 의해 제 3회째 전집 출판이 시작됨.

1900년 8월25일. 바이마르에서 영면하고 8월28일 뢰켄에 묻힘.